Sabine Schönfellner

Draußen ist weit

Roman

Literaturverlag Droschl

Kuckuck

1

Der Baum ist aus Eiche wie der Schrank, sagte Herr Dober. Ich wollte ihm das glauben, als er da im Schatten dicht am Baumstamm stand und über die Rinde strich. Ich wusste aber nicht, welchen Schrank er meinte. In seinem Zimmer gab es nur ein Regal aus Spanplatten.

Sie haben mich in der Nacht aus dem Wald geholt, sagte er später, als er im Laub einen Fuß vor den anderen setzte. Das Laub raschelte lauter als sein schwerer Atem. Therese hat mich so fest am Arm gepackt, dass ich geschrien habe. Das hast du nun davon, hat sie laut gesagt und mir ihre Fackel knapp vors Gesicht gehalten.

Er sagte, ich bin lange in einer Mulde gesessen, und ich hab so gefroren in der Weste, weil sie mir zu groß war. Oder weil ich so Hunger gehabt habe. Aber ich habe nur daran gedacht, was die Mutter mit mir macht, wenn sie mich findet. Oder noch schlimmer, wenn Therese mich zuerst findet. Dann sagte er nichts mehr, sein Atmen wurde so laut wie das Rascheln. Er zitterte stark, aber er ging weiter langsam bergauf.

Die ältere Pflegerin hatte mir gesagt, dass er sich über den Garten beschwert hatte, der sei viel zu klein, er könne ja nicht den ganzen Tag zwischen Stiefmütterchen im Kreis laufen. Sonst hat sich noch nie jemand beschwert, hatte sie hinzugefügt. Vielleicht können Sie ihm ja endlich erklären, warum das zu gefährlich ist, weiter zu gehen.

Seine Schuhe waren schwarz und klobig, sie schienen ihm zu schwer zu sein, um sie zu heben. Gesundheitsschuhe mit

Klettverschlüssen, hatte mir sein Zimmernachbar erklärt, etwas anderes darf er nicht tragen. Die sind viel praktischer, wenn man seine Schuhe nicht mehr alleine schnüren kann, aber immer auf dem Gang und im Garten herumläuft wie Herr Dober. Wobei dem ja auch nicht auffallen würde, wenn er in Filzschlapfen herumlaufen würde, hatte der Zimmernachbar noch gesagt. Herr Dober war neben ihm gestanden und hatte genickt. Als der Nachbar seine Tür wieder hinter sich geschlossen hatte, hatte Herr Dober gesagt, der ist ein bisschen schwierig, er erzählt immer solche Sachen.

Horch, sagte Herr Dober und blieb mitten auf dem Weg stehen. An seiner Hose war knapp unter der linken Kniekehle ein einzelnes Blatt hängen geblieben. Grün, aber an den Rändern schon eingetrocknet und gekräuselt. Ich hörte den Wind durch die trockenen Äste fahren, ich hörte die Äste knacken, auf der Straße unter uns fuhr ein Auto zu schnell vorbei. Kuckuck, sagte er. Ich lauschte wieder, aber es war nur der Wind zwischen den Stämmen. Kuckuck, Kuckuck, wiederholte er leiser. Da hörte ich es auch, ein ganz schwaches, dunkles Rufen, das aber gleich wieder verstummte, sodass ich mir nicht sicher war, ob ich es mir nicht nur eingebildet hatte.

Herr Dober hob seine Füße in den schweren Schuhen. Keuchend blieb er stehen, wandte sich zu mir um und sagte, es geht nicht weiter. Ich trat neben ihn und wischte mit der Schuhspitze die trockenen Blätter zur Seite, bis ich zur schwarzen Erde kam. Es geht nicht weiter, an dieser Stelle geht es nie weiter, sagte er.

Die Pflegerinnen schauten nicht zu oft und nicht zu genau hin, ob er im Garten blieb. Sie hatten zu viel zu tun. Sie mussten auf die aufpassen, die auf dem Gang ausrutschten, die ständig nach den Schwestern riefen und ihre Saftbecher umwarfen. Sie mussten Protokolle schreiben und Verordnungen befolgen.

Nachts ist es viel einfacher, weiter zu kommen, meinte Herr Dober. Aber man muss besser horchen und warten können. Wenn man nicht wartet, kann es passieren, dass Therese einen schon vor der Hintertür abpasst und fest in den Arm zwickt und ins Bett zurückschickt. Und es ist wichtig, langsam und aufmerksam zu gehen, damit man nicht zu weit geht, meinte er, bis zum Zaun. Zum Zaun darf man nicht gehen, das ist schlimmer als von Therese erwischt zu werden.

Ich nickte, auch wenn ich nicht wusste, wo sich der Zaun befand. »Wir sollten umkehren«, sagte ich. Er schaute einen Moment lang den Hügel hinauf, kniff die Augen zusammen, als könne er zwischen den Stämmen etwas erahnen, den Zaun vielleicht. Dann wandte er sich um, mit hängenden Schultern ging er mir voraus in Richtung Heim. Ich folgte seinen Fußspuren und fragte mich, ob bergab gehen nicht noch gefährlicher war als bergauf gehen. Als hätte er meine Gedanken gehört, wurde er noch langsamer. Ich stieß beinahe mit ihm zusammen. Er atmete angestrengt, ich hörte, wie der Atem in seinem Hals kratzte.

2

Das erste Mal traf ich ihn, als ich aus dem Wald kam. Es nieselte, ich hatte die Kapuze meiner Jacke in die Stirn gezogen und wollte schnell nach Hause. Im Wald war ich den Trampelpfaden gefolgt. Ich hatte die feuchte Rinde und die Nadeln und die Ruhe gerochen. Ich hatte nicht mehr nachgedacht.

Ich bemerkte ihn nicht gleich, als ich mit schnellen Schritten an der überdachten Haltestelle vorbeiging, aber er rief laut, Entschuldigen Sie. Ich fühlte mich nicht angesprochen, wieder rief er, Entschuldigung. Ein alter Mann wartete auf der Bank, die Cordhose bis zu den Knien mit Schlamm bespritzt, eine dünne Jacke, die offen stand, darunter ein braungrüner Wollpullover.

Können Sie mir bitte sagen, wann der nächste Bus in die Stadt fährt? Er sprach auf die Straße hinaus und sah an mir vorbei, als ich stehen blieb. Am Haltestellenschild neben dem Wartehäuschen hing der Fahrplan. In zehn Minuten, sagte ich.

Ich weiß nicht, ob ich so lange warten will, sagte er und schob seine Schuhspitzen zusammen und auseinander. Ich sollte gar nicht in die Stadt fahren, sagte er. Es ist nicht erlaubt, allein in die Stadt zu fahren. Es ist nicht direkt verboten, aber es wird nicht gerne gesehen. Er nestelte in seiner Jackentasche herum, außerdem habe ich kein Geld dabei.

Wo kommen Sie denn her?

Er antwortete nicht. Das Seniorenheim war nur ein paar Häuser weiter, ich überlegte, schnell hinüberzulaufen und Bescheid zu sagen, dass er hier war. Ein Auto fuhr vorbei, er blickte ihm die Straße hinunter nach. Ich sah auf die Uhr. Warten Sie kurz hier.

Ich laufe nicht weg, sagte er. Früher bin ich oft weggelaufen, aber jetzt nicht mehr. Er klang nicht traurig. Immer noch sah er an mir vorbei auf die Straße.

Soll ich Sie zurückbringen, fragte ich.

Wohin, wollte er wissen und zog seine Jacke zusammen. Ach, ins Heim, meinen Sie. Nein, das schaffe ich schon allein.

Er tat mir leid, ich fragte ihn, ob ich ihm das Geld für den Fahrschein geben solle. Er schüttelte den Kopf. Ich trat näher heran und zog die Kapuze vom Kopf.

Frau Hellinger hat beim Mittagessen davon gesprochen, dass sie letztens in der Stadt war. Sie hat Kuchen gegessen und ihre Enkelkinder gesehen. Eigentlich will ich gar nicht in die Stadt, sagte er.

Die hohen Ginsterhecken, die schmiedeeisernen Zäune und grau verputzten Mauern hinter der Bushaltestelle verbargen die Einfamilienhäuser. Das nächste Kaffeehaus war zu Fuß mindestens zwanzig Minuten entfernt und der Supermarkt kaum näher. Hinter Mauern und Hecken standen Neubauten, die mit Säulen oder Balkonen individuell wirken sollten und doch gleich aussahen.

Ich glaube nicht, dass schon mal jemand allein in die Stadt gefahren ist, sagte er, aber sie haben Angst davor, denn sie erwähnen es so oft, dass man das nicht machen soll. Aber was soll ich schon in der Stadt.

Möchten Sie lieber woanders hin? Ich sah auf meine Schuhe hinunter, deren Spitzen ganz abgerieben waren. An der ausgefransten Hose hing eine Klette. Vielleicht sah ich ein wenig verwahrlost aus.

In den Wald möchte ich, sagte er. Aber da muss ich über den Parkplatz, hinaus auf die Straße, eine Straße überqueren, drei Kehren den Hügel hinauf, bevor der Weg in den Wald abbiegt. Und im Wald geht man zu leicht verloren, sagt Frau Wagner. Er hob seinen rechten Fuß und zeigte mir seine Schuhsohle, die kaum Profil hatte.

Was wollen Sie im Wald?

Dort ist es ruhig. Dort findet mich keiner.

Mich auch nicht, sagte ich.

Ich setzte mich neben ihn. Er rückte zur Seite und wischte sich mit der Hand über die Hose, strich sie glatt.

Wir sahen in den Nieselregen. Ich dachte an das steile Wegstück weit oben, wo ich beim ersten Mal geglaubt hatte, dass der Weg endete. Aber ich musste nur unter den tiefhängenden Fichtenästen durch, dann verlief der Weg noch schmaler als zuvor nach oben.

Der Bus hielt vor uns, niemand stieg aus, wir nicht ein. Ich hatte das Gefühl, dass der Busfahrer noch einen Moment auf uns wartete. Dann schlossen sich die Türen wieder, und der Bus fuhr los.

Sie wollen auch nicht in die Stadt, stellte er fest.

Nein, ich bringe Sie zurück, sagte ich. Ich war mir nicht sicher, ob er von selbst ins Heim zurückgehen würde. Es konnte sein, dass er noch stundenlang hier saß, in den Nieselregen sah und einen Bus nach dem anderen vorbeifahren ließ. Ich wunderte mich, warum niemand nach ihm suchte, mittlerweile waren doch schon einige Minuten vergangen.

Wir könnten auch in den Wald gehen, sagte er, rascher und lebhafter als zuvor. Ich kenne mich aus im Wald, dort möchte ich bleiben. Die ganze Nacht. Er musterte mein Gesicht, ich wich seinem Blick aus.

Im Wald kann man nicht bleiben, sagte ich.

Im Wald ist es kalt, aber ich kann mich verstecken, dort kenne ich mich aus, sagte er wieder.

Dafür ist es heute zu spät. Aber ein anderes Mal gehe ich gerne mit Ihnen.

Dann gehen wir zurück, antwortete er. Er stand auf und hielt seine Jacke mit einer Hand vorne zusammen, ich sah, dass der Zipp unten ausgerissen war. Ich zog mir meine Kapuze wieder über den Kopf und wir gingen nebeneinander her, an den versperrten Gärten vorbei bis zum Parkplatz vor dem Seniorenheim. Dort blieb er stehen, fragte mich nach meinem Namen und sagte mir, dass er Dober heiße, wie der Hund, nur ohne Mann. Ich verabschiedete mich von ihm und versprach, ihn besuchen zu kommen. Er nickte. Ich war mir nicht sicher, ob er mir glaubte. Ich wiederholte, dass ich bestimmt kommen würde, übermorgen, da war Samstag, und ich hatte Zeit. Ich dachte mir, dass ich wirklich vorbeikommen und ihn besuchen könnte, und sei es nur, um sicherzugehen, dass er nicht wieder allein an der Bushaltestelle saß.

Er nickte nochmals, ließ seine Jacke los und ging auf die

Eingangstür des Heims zu. Ich sah ihm nach, die Schiebetür öffnete sich vor ihm, er trat in das hell erleuchtete Foyer ein, ging an einer hohen Topfpflanze vorbei. Dann schloss sich die Tür wieder, und im Gang schien es düsterer zu werden. Ich sah auf meine Uhr und blieb dennoch auf dem Parkplatz stehen. Ich hatte vergessen, wohin ich wollte.

3

Zwischen den Farnwedeln war nur die Schnauze des Fuchses zu erkennen. Seine Augen musste ich mir vorstellen und die Vorderpfoten bildete ich mir wohl nur ein. Herr Dober legte den Zeigefinger auf die Schnauze und sagte, das ist wahrscheinlich nicht das interessanteste Buch, das ich habe. Man sieht die Tiere kaum. Aber manchmal vergesse ich, welches Tier auf dem Bild zu sehen ist, sitze minutenlang davor und muss es suchen.

Er zog den Bildband zu sich, blätterte vor und zurück. Auf dem Regalbrett über uns standen noch ein paar weitere dicke Bildbände, auf einem der Rücken stand »Am Amazonas«, auf einem anderen »Die letzten Bären«. Sie waren die einzigen Bücher in Herrn Dobers Zimmer.

So oft habe ich noch keinen Fuchs gesehen, sagte er, viel seltener als man glauben würde. Die meisten Leute denken, wenn man viel im Wald ist, sieht man oft Füchse. Früher haben sie auch geglaubt, dass es überall Wölfe und Bären gibt. Dass das Gefährlichste am Wald ist, dass einen ein Bär fressen könnte. Die Leute haben eine falsche Vorstellung vom Wald. Sie glauben, dass sie dauernd auf Vögel und Eichhörnchen und Rehe stoßen müssten. Dabei sind sie viel zu laut, wenn sie durch den Wald gehen. Sie unterhalten sich, sie rufen einander, sie steigen auf trockene Zweige und fallen über

Wurzeln. Außerdem gibt es keine Bären mehr. Vielleicht waren es auch nur Geschichten, dass es bei uns nach dem Krieg noch welche gegeben hat. Er strich über die Fuchsschnauze. An das erste Mal, als ich einen Fuchs gesehen habe, kann ich mich noch gut erinnern.

Auf der Anrichte zischte der Wasserkocher. Ich goss das Wasser in die abgeschlagene Teekanne. Er hatte sie von zu Hause mitgebracht, die aus dem Speisesaal durften sie nicht mitnehmen.

Es war an einem Abend, als ich schon zu Hause sein hätte müssen, sagte er. Ich habe mich beeilt und bin quer zwischen Bäumen auf dem kürzesten Weg zu unserem Haus gelaufen. Da habe ich ein lautes Knacken gehört und bin stehen geblieben. Es muss ein Vogel gewesen sein, der hochgeflogen ist, oder es war einfach nur ein Ast, der abgebrochen ist. Ich habe nach oben geschaut, nichts erkennen können, dann wieder nach unten, zwischen die Bäume, und da ist der Fuchs gestanden und hat mich beobachtet. Ganz ruhig ist er da gestanden. Er war kleiner, als ich mir einen Fuchs vorgestellt hatte. Kaum größer als ein Dackel, nur ein bisschen größer. Aber viel kleiner als ein Schäferhund. Er hat mich angesehen, als würde er darauf warten, wer von uns zuerst wegläuft. Er ist in den Wald davongesprungen. Ich bin dann viel zu spät nach Hause gekommen, Therese hat gesagt, dass ich mich nicht wundern brauche, wenn mich die Soldaten einfangen, so spät darf man nicht draußen sein. Ob sie ihren Soldaten geschickt hätte, um mich zu fangen, weiß ich nicht.

Er schlug den Bildband zu, stellte ihn ins Regal zurück und sah nach draußen. Der Nebel hing über den Häusern, sodass ich nicht hätte sagen können, ob es noch oder schon dämmerte. Ich musste gähnen, am Gang draußen hörte ich ein Klirren. Jemand hatte ein Glas fallen gelassen oder eine Vase umgestoßen, eine alte Frau jammerte leise. Eine Pflegerin sprach beruhigend auf sie ein. Ich wollte noch warten, bevor ich ging, damit ich auf dem Gang nicht wieder jemandem vom Pflegepersonal begegnete. Beim letzten Mal hatte mich eine Pflegerin gesehen und zur Pflegeleitung geschickt. Die hatte mir gesagt, ich sollte mich für den Besuchsdienst bewerben. Weil das besser wäre, wenn ich offiziell käme.

Ich wartete noch auf eine Antwort, ich würde einen Anruf bekommen, hatte es geheißen, auch ein Vorstellungsgespräch sei noch vorgesehen. Aber ich hatte Herrn Dober versprochen, ihm einen guten Kräutertee mitzubringen, weil ihm der im Speisesaal nicht schmeckte. Ich wusste auch nicht, ob ich zum Besuchsdienst gehören wollte.

Herr Dober nahm zwei Tassen von seiner Anrichte und goss Tee ein. Er begann zu erzählen, dass er oft zu spät aus dem Wald nach Hause gekommen war, weil er mit den anderen Buben ein Fort gebaut hatte. Aus den Ästen von Fichten und Kiefern, die wir gefunden haben und abgebrochen oder zurechtgesägt, sagte er. Die haben wir aneinander gelehnt und zu Wänden verkeilt, um drei Bäume herum. Das war das Fort, das wir verteidigen mussten gegen die Indianer. Eigentlich sollten wir es gegen die Russen verteidigen, hat Georg immer gesagt. Aber der hat immer viel geredet und geglaubt, er weiß alles besser. Die Mädchen haben nicht mitspielen dürfen. Ich schon, obwohl ich der Jüngste war. Davon hat Therese nichts wissen dürfen, die hätte mir das bestimmt verboten.

Ich fragte ihn, warum Therese ihm so viel verbieten durfte, ob seine Mutter dazu gar nichts gesagt hatte.

Die Mutter hat zu viel zu tun gehabt, die hat sich alleine ums Haus kümmern müssen und schon zu viele Sorgen gehabt, deshalb hat Therese auf mich aufpassen müssen.

Er erzählte, dass sie lange an dem Fort gebaut hatten, weil sie nur zwei Messer und eine Säge hatten, die Georg heimlich von zu Hause mitgenommen hatte. Sie hatten sich in dem Fort verschanzt, und andere hatten von außen mit Pfeil und Bogen angegriffen. Einen hatten sie mit einem Stein an der Schulter getroffen beim Verteidigen des Forts, deshalb durften sie dann nur noch mit Bockerln werfen. Ich wusste nicht, was Bockerln waren. Er sagte, Zapfen eben, große, die so aufgehen, und fächerte seine Hände auf. Er erzählte weiter von den Schlachten um das Fort, und dass sie mehrmals versucht hatten, eine Feuerstelle im Fort zu machen. Mal klang es so, als ob sie nur drei oder vier Buben gewesen wären, die zwischen den Fichtenästen hockten und versuchten, mit ihren Streichhölzern feuchte Zweige anzuzünden, dann wieder hörte es sich so an, als ob ein Dutzend Buben von außen mit Zweigen auf das Fort gezielt hätte, während ebenso viele von drinnen mit Bockerln zurückwarfen.

Die Mädchen waren uns böse, dass wir sie nicht mitspielen haben lassen, sie können auch kämpfen oder im Fort kochen, haben sie gesagt. Aber wir wollten nicht, dass sie dabei sind. Das geht einfach nicht, hat Georg gesagt. Da haben die Mädchen angefangen zu sabotieren, indem sie Zweige herausgezogen haben, wenn niemand von uns da war, oder unsere Bockerlvorräte gestohlen. Die kleine Schwester von Georg war auch dabei, er hat sie verhauen, aber sie hat behauptet, dass sie das nicht war. Also haben wir Wachen aufgestellt, aber wir mussten alle zum Abendessen zu Hause sein, also konnten wir nicht so lange Wache halten.

Er setzte sich wieder an den Tisch, zog seine Teetasse zu sich und fuhr mit dem Zeigefinger den Rand der Tasse nach. Jetzt weiß ich wieder, was ich eigentlich erzählen wollte, sagte er. Die Mädchen haben uns ins Fort geschissen. Georg und ich sind an einem Nachmittag zum Fort gegangen und haben uns schon im Näherkommen gedacht, dass es fürchterlich stinkt. Als wir vor dem Fort gestanden sind, haben wir gemerkt, dass der Geruch von drinnen kommt. Mitten auf den freien Platz

14

haben sie hingeschissen. Mir ist schlecht geworden, als ich das gesehen habe, Georg hat in der Wut angefangen, die Äste einzureißen. Das Fort haben wir aufgeben müssen, aber die Mädchen durften trotzdem nicht mitspielen.

In großen Schlucken trank er seinen Tee und sah dabei aus dem Fenster oder zu seinen Bildbänden hoch.

Wie viele Buben waren es denn, fragte ich.

Das weiß ich nicht mehr, sagte er, Georg und Fritz und noch ein paar andere. Aber die Mädchen durften trotzdem nicht mitspielen.

4

Am Samstagnachmittag war es im Heim laut. Auf dem Parkplatz spielten zwei kleine Mädchen Fangen, klatschten auf die Autos und duckten sich hinter einen Kofferraum. Im Näherkommen sah ich durch die großen Glasfenster, dass im Speisesaal die meisten der Tische besetzt waren. Familien, die um die Großmutter oder den Großvater herum zusammensaßen, gelangweilte Kinder, Eltern, die sich um ein Gespräch bemühten. Vor der Eingangstür standen zwei junge Männer und rauchten schweigend, sie nickten mir zu, als ich an ihnen vorbeiging. Sie trugen dunkle T-Shirts und abgeriebene Jeans, ich war nicht sicher, ob sie hier arbeiteten oder auf Besuch waren.

Im Eingangsbereich saß ein alter Mann in sich zusammengesunken auf einem Holzsessel. Sonst war der Eingangsbereich bis auf den Gummibaum in der Ecke wie auch beim letzten Mal leer. Jemand musste den Sessel für ihn aufgestellt haben, oder er hatte ihn selbst mitgebracht. Er sah auf meine Füße, als ich an ihm vorbeiging. Als ich ihn grüßte, sagte er, ich werde gleich abgeholt.

Am Speisesaal ging ich mit schnellen Schritten vorbei, Herrn Dober würde ich dort nicht finden. Ich hatte ihm zugesagt, um halb drei vorbeizukommen, nun war es schon nach drei. Wahrscheinlich würde ich ihn im Garten finden. Die Pflegerinnen schickten ihn dort gerne hin, wenn er nach draußen wollte, hatte er mir gesagt. Im Gang nach hinten zum Garten konnte ich die Unterhaltungen aus dem Speisesaal hören, alle sprachen sie mit den alten Leuten immer zu laut.

Auf den Plattenwegen schob eine Frau eine Gehhilfe vor sich her, die meisten der Bänke waren besetzt. Am Maschendrahtzaun hinten hingen rote Plastikbänder, es sah aus, als hätten sie die Weihnachtsdekoration vom Vorjahr vergessen. Herr Dober war nicht zu sehen, obwohl die Sonne schien.

Ich klopfte mehrmals an seine Zimmertür, bis er leise »herein« antwortete. Er stand am Fenster und blickte nach draußen.

Sie sind nicht im Garten, sagte ich.

Zu viel los, sagte er, was soll ich da.

Ins Sonnenlicht, sagte ich.

Er sah auf die Baumspitzen und winkte mich zu sich. Da hinauf, er zeigte in die Richtung des Hügels, da hinauf muss ich.

Ich auch, sagte ich. Erst wenige Tage zuvor war ich am Abend noch einmal aufgebrochen. Ich hatte keinen Hunger gehabt und mir nicht vorstellen können, was es bringen sollte, mir Spaghetti zu kochen, schlafen zu gehen, am nächsten Morgen wieder aufzustehen. Ich war in der hereinbrechenden Dämmerung den Hügel hinaufgelaufen, immer wieder buckligen Wurzeln ausgewichen und über Steine hinweggestiegen, von denen ich schon wusste, wo sie im Weg lagen. Erst oben war ich stehen geblieben. In der Dämmerung war der Fluss in der Ferne schon grau gewesen, aber ich hatte daran denken müssen, wie er in der Morgensonne so hell war, dass er beinahe weiß wirkte.

Die alten Leute gehen im Garten im Kreis, sagte er. Sie zittern bei jedem Schritt und schauen sich die Blumen an, die alle paar Wochen neu gepflanzt werden. Sie bleiben stehen und lauschen nach Vögeln. Aber ich glaube nicht, dass die Vögel gern in den Garten kommen. Wenn, dann verirrt sich eine Amsel in den Garten und zetert laut, weil sie nicht gleich wieder nach draußen findet. Nester werden dort keine gebaut, nicht hinter dem hässlichen Maschendrahtzaun.

Sie dürfen in den Wald gehen?

Der Wald kann gefährlich sein, sagte er und kniff die Augen zusammen, als hätte er auf den Wipfeln vor dem Fenster doch noch einen Vogel erspäht.

Es klopfte an seiner Zimmertür, wir wandten uns beide um, als er »herein« sagte. Eine Pflegerin öffnete die Tür weit, musterte uns beide, ach, Sie haben Besuch? Aber warum sind Sie denn den ganzen Tag auf Ihrem Zimmer? Sie sollten vor die Tür gehen an einem so schönen Tag.

Herr Dober sah mich fragend an.

Gehen wir doch eine Runde, sagte ich.

Die Pflegerin hielt uns die Tür auf. Herr Dober ging langsam an ihr vorbei, ich nickte ihr im Hinausgehen zu. Er wandte sich nicht zur Treppe, um nach unten zu gehen, sondern dem Gang zu. Sie haben neue Bilder aufgehängt, sagte er. Es waren billige Nachdrucke von Ölgemälden in goldglänzenden Rahmen, eine Flusslandschaft, Häuser, ein Stillleben mit Obst. Sie waren mir zuvor nicht aufgefallen.

Manchmal stelle ich mir vor, das wäre schon der Wald, sagte er. Er blickte auf den ausgeblichenen Teppichboden und machte ein paar Schritte.

Im Wald sieht der Boden nicht so tot aus, wandte ich ein. Er lachte, hinter uns schloss die Pflegerin die Tür und ging nach unten.

Wenn man immer den gleichen Weg entlangläuft, sieht er

auch nicht viel anders für einen aus als dieser alte Teppich. Er hob die Ferse und schob die Schuhspitze vor und zurück, als wollte er ein Loch in den Teppichboden bohren.

Der Teppichboden ist viel zu eben. Und er riecht nach Staub, sagte ich.

Herr Dober hob den Kopf und sog durch die Nase Luft ein, ich rieche nur den Himbeersaft, den Frau Schuster ausgeleert hat. So sehr ich mich auch konzentrierte, ich roch nur den Staub.

Er hob seine Füße im Gehen vorsichtig, als würde er über Wurzeln hinwegsteigen. Ich ging in die Knie, um den Boden näher zu betrachten, in den zertretenen Fasern entdeckte ich Spuren von orange, der Teppich war früher einmal nicht einförmig beige-grau gewesen. Aber einen orange-grauen Teppich stellte ich mir auch nicht aufmunternd vor. Mit der Handfläche strich ich über den Boden. Ich bildete mir ein, dass ich spüren konnte, wie ein staubiger Film auf mir haften blieb.

Am Ende des Gangs wurde eine Zimmertür aufgezogen, ein alter Mann schaute heraus. Was machen Sie da, fragte er.

Spazieren gehen, sagte Herr Dober.

Sie schon wieder, knurrte der Mann und schloss die Tür mit Nachdruck. Ich richtete mich auf und wischte mir die Handfläche an der Hose ab. Die Hand juckte.

Herr Schneider geht nicht spazieren, sagte Herr Dober laut. Ich holte ihn ein und hob wie er meine Füße beim Gehen zu hoch. Herr Schneider bleibt auf seinem Zimmer und beschwert sich beim Essen darüber, dass die Nachspeisportionen zu klein sind.

Geht außer Ihnen niemand in den Wald?

Ich darf nicht in den Wald, sagte er. Und die anderen warten auf Besuch, auch wenn keiner kommt.

Hinter einer der Türen waren zwei schrille Schreie zu hören, dann hektisches, halbblaues Gemurmel. Ich konnte nicht feststellen, woher das Gemurmel kam.

Das ist nur Frau Schuster, sagte er. Die weiß nicht immer, wo sie ist, und dann beschwert sie sich darüber. Auch wenn ihr niemand zuhört.

Gefallen Ihnen die Bilder, fragte ich.

Die sind nicht echt.

Am Ende des Gangs machte er kehrt und ging langsam zurück. Ich bemerkte, dass er seine Augen zwischendurch immer wieder für mehrere Sekunden lang schloss und seine Hände dabei nach vorne schob, die Handflächen nach unten, die Finger gespreizt, als wollte er ertasten, was sich vor ihm befand.

An seiner Zimmertür blieb er stehen. Für den Wald bin ich heute schon zu müde, sagte er.

Ich nickte. Ich komme bald wieder, dann gehen wir.

Die Hand schon auf der Türklinke, drehte er sich noch einmal zu mir. Herr Schneider ist nicht immer so schlecht gelaunt, sagte er. Wenn ich ihm meine Nachspeise abgebe, freut er sich. Aber vom Wald versteht er nichts. Er will nur im Wirtshaus sitzen und ein Bier trinken und am Samstagabend Fußball schauen.

Gibt es hier jemanden, der was vom Wald versteht?

Er wiegte seinen Kopf. Frau Navratil. Ihr Vater ist Förster gewesen, und sie hat davon erzählt, dass sie als Kind immer Schwammerln und Heidelbeeren sammeln musste, den ganzen Sommer lang. Das hat sie ihr ganzes Leben lang gemacht, immer, wenn sie nicht genug zu essen hatte, was oft der Fall war.

Und mit Frau Navratil können Sie über den Wald reden?

Er drückte seine Zimmertür auf. Sie weiß nicht mehr, wo sie ist. Vorher hat sie noch andere Sachen vergessen, aber jetzt kommt sie auch schon nicht einmal mehr zum Essen.

Er nickte mir noch einmal zu, bevor er die Tür hinter sich schloss. Ich sah noch einmal den Teppichboden an, der wieder beige-grau war und hartnäckig nach Staub roch. Ich fragte mich, ob Herr Dober wohl den Wald auf dem Hügel meinte, wenn er vom Wald sprach, oder nicht einen, den er sich so sehr vorstellte wie den Wald im Gang.

5

Warum haben Sie nicht gleich gesagt, dass er Ihr Großonkel ist, wollte die Pflegeleiterin wissen. Sie saß zurückgelehnt in ihrem Bürosessel. Auf ihrem Schreibtisch waren Zeitschriften aufgestapelt, über die hinweg sie mich musterte. Ich erklärte, dass meine Familie nicht einfach sei, dass es lange gedauert habe, bis ich von ihm erfahren hatte.

Am Tag davor hatte er mich das erste Mal Therese genannt. Gleich darauf hatte er sich entschuldigt und gesagt, ich weiß schon, dass du nicht Therese bist, allein schon deshalb, weil du mir nicht böse bist und in den Wald mitgehst.

Er hat noch nie Verwandte erwähnt, sagte die Pflegeleiterin und reckte ihr Kinn.

Therese ist meine Großmutter, sagte ich, und dann, obwohl ich nicht wusste, ob das stimmte, aber sie ist schon vor ein paar Jahren verstorben. Die Pflegeleiterin beugte sich zu ihrem Computer neben den Zeitschriftenstapeln. Ich versuchte, mich an ihren Namen zu erinnern, der auf ihrem Türschild unter »Pflegeleitung« stand, aber er wollte mir nicht einfallen, sodass sie für mich nur die Pflegeleiterin blieb. Sie tippte auf ihrer Tastatur herum und nickte, der Bildschirm war von mir abgewandt.

Sie kommen regelmäßig vorbei, sagte sie, ohne den Blick vom Bildschirm abzuwenden. Ich nickte und dachte an die ältere Pflegerin, die uns am Vortag auf dem Parkplatz entgegengekommen war. Sie hatte uns nur mit einem Murmeln gegrüßt und mich gemustert.

Bei ihm sind wir uns nicht sicher, wie vergesslich er ist, oder ob er noch weiß, wo er ist, sagte sie und sah mich nun doch wieder an. Ich dachte daran, wie er am Vortag von der Eiche gesprochen hatte, aus der auch der Schrank bestand.

Er redet mit kaum jemandem, sagte die Pflegeleiterin, wenn, dann erzählt er über das Leben mit seiner Mutter und seiner Schwester, als er noch ein Kind war. Dann wieder sagt er etwas über den Bundespräsidenten oder über ein Zugunglück, das letzte Woche passiert ist, als würde er doch die Zeitungen im Speisesaal lesen. Fernseher hat er keinen, und er kommt auch zu den Musikabenden nicht hinunter. Ich nickte.

Aber er überschätzt sich, fügte sie noch hinzu, alte Leute stürzen leicht oder finden den Weg zurück nicht mehr, auch wenn sie behaupten, dass sie sich zurechtfinden und keine Hilfe brauchen. Verstehen Sie?

Ich nickte wieder. Sie fragte mich, ob meine Adresse und meine Telefonnummer noch stimmten, die ich auf dem Formular für den Besuchsdienst angegeben hatte. Zur Sicherheit, wie sie sagte, wollte sie sie nochmals überprüfen. Sie zog das Formular unter ihrem Tisch hervor und las meine Angaben langsam vor. Ich bejahte leise alles, sie nickte zufrieden.

Am besten wäre es natürlich, Sie würden Ihre Besuche vorher anmelden, sagte sie noch. Ich fragte nicht nach, wo und wie, sondern blieb bei meinem Nicken.

Herr Dober lehnte an der Wand neben der Tür zum Garten. Neben ihm stand die ältere Pflegerin vom Vortag und sah ihn abwartend an. Sie sagte, er hat davon gesprochen, dass er in den Wald will. Hier im Garten ist es doch schön.

Wir bleiben im Garten, versprach ich. Herr Dober sah auf

seine Schuhe. Als die Pflegerin davonging, sagte er, sie müssen alles bestimmen, wie Therese. Sie glauben nie, dass ich alleine entscheiden kann. Als ob ich ein Kind wäre. Er drückte die Tür zum Garten auf, kalte Luft schlug uns entgegen. Eine Frau schob ihren Rollator den Betonplattenweg zum Haus heran, Herr Dober hielt ihr die Tür auf, sie nickten einander zu.

In den Beeten standen kahle Rosenstöcke. Die grünen Holzbänke waren alle leer, vorhin hatte es leicht geregnet. Herr Dober deutete auf die Platten vor uns, hier wächst kein Grashalm dazwischen und auch kein Moos darauf. Sie schrubben die so oft und schneiden das Gras so kurz, dass es vertrocknet.

Er sagte, unsere Hühner würden hier nichts zum Fressen finden. Das ist schlimmer als bei unserem Stall, da sind sie wenigstens in den Hof hinausgekommen, wo noch Unkraut gewachsen ist.

Er hielt seine Jacke mit einer Hand vor dem Körper zusammen. Er sah zum Ende des Gartens hin, wo eine schüttere Hecke und der Maschendrahtzaun ihn vom Gehweg dahinter trennten. Einmal ist Therese bis spätnachts nicht nach Hause gekommen, sagte Herr Dober. Das ist lange her.

Er ging weiter in Richtung Zaun. Das ist lange her, sagte er noch einmal, diesmal sehr laut, als ob es außer mir noch jemand anderes hören sollte. Im Heim war es dunkel. Am einzigen erleuchteten Fenster im zweiten Stock stand ein alter Mann mit Glatze und sah zu uns.

Sie beobachten uns, sagte ich. Ich wusste selbst nicht, ob ich es ernst meinte.

Wir sollen nur glauben, dass sie uns beobachten, sagte er, so ist es immer. Ich wandte mich wieder dem Zaun zu, Herr Dober bog auf den Plattenweg ab, der parallel dazu verlief. Ich machte ein paar schnelle Schritte, um ihn einzuholen.

Hier waren die Platten des Gehwegs nicht so sauber. Weil man sie vom Heim aus nicht sehen konnte, dachte ich, oder weil hier kaum jemand entlangging vielleicht.

An manchen Tagen bin ich weiter weg, sagte er leise. Er hielt den Kopf gesenkt, dass ich seinen Gesichtsausdruck nicht erkennen konnte. Ich weiß, sagte ich.

An einer Bank hielt er an, ich überlegte, ob ich ihn darauf hinweisen sollte, dass sie feucht war vom Regen. Doch er berührte nur kurz die Rückenlehne, strich über das Holz und ging dann weiter.

Die Tür zum Garten wurde aufgezogen. Ich erkannte die Pflegerin von vorhin, sie schloss die Tür wieder. Wir gingen an mehreren kahlen Beeten vorbei, die Blumen waren abgestorben oder die Blumenstöcke waren für den Winter schon ausgegraben worden. Auf dem Rückweg wurde Herr Dober langsamer und schien die Platten vor seinen Füßen genau zu mustern. Solange ich es noch weiß, sollte ich es erzählen, sagte er. Ich weiß nicht, wie lange ich es noch weiß. Er zögerte, vielleicht erinnere ich mich auch falsch.

Woran, sagte ich.

Es kann gut sein, dass ich mich falsch erinnere. Ich fragte ihn nochmals, woran, doch er schien mich nicht zu hören. Mit jedem Schritt, mit dem wir näher zum Haus kamen, wurde er langsamer. Das Licht vom Gang fiel auf den Plattenweg, erleuchtete die letzten Steine. Therese hat gesagt, flüsterte er, hinter dem Zaun sind die Russen. Sie sind eingesperrt, aber was, wenn sie herauskommen?

Ich hielt ihm die Tür auf, er trat ins Haus hinein. Im grellen Licht der Neonröhren blieb er stehen und sah zurück in den Garten, seine Hände zitterten leicht. Zwei Frauen kamen den Gang entlang, die Frau am Rollator von vorhin und eine zweite, die sich auf einen Stock stützte. Sie unterbrachen ihre Unterhaltung. Ich drückte mich an die Wand und deutete ihnen, dass sie vorbeigehen sollten, doch Herr Dober blieb mitten im Gang stehen. Die Frau schob ihren Rollator mühsam um ihn herum, die andere sah ihn strafend an, drückte sich aber auch an ihm vorbei. Vom Speisesaal konnte ich hören, wie Stühle verschoben wurden, Besteck klirrte, eine resolute Frauenstimme rief zur Ordnung.

In Wahrheit waren es mehr Franzosen, sagte Herr Dober. Das habe ich später erfahren, dass es eigentlich Franzosen waren, ein paar Russen vielleicht, aber die meisten waren Franzosen. Vor den Russen haben nur alle Angst gehabt, deswegen haben sie übertrieben. Als die Franzosen zum Arbeiten herausgekommen sind, haben wir zuerst nicht mit ihnen reden dürfen. Aber die haben immer nach unten geschaut, wenn man sie laut gefragt hat. Wahrscheinlich haben sie gar kein Deutsch gesprochen.

Er richtete sich auf.

Therese hat so getan, als ob sie alles darüber wüsste, was hinter dem Zaun passiert. Therese kannte sich aus und Therese durfte mich in der leeren Speis einschließen, wenn ich zu spät nach Hause gekommen bin, sagte er. Und noch Schlimmeres, aber das hat die Mutter nicht geglaubt.

Er nickte mir zu und ging in Richtung Speisesaal los, ich komme schon wieder zu spät. Bis morgen, rief ich ihm nach, obwohl ich nicht vorgehabt hatte, ihn gleich am nächsten Tag wieder zu besuchen. Er antwortete nicht.

6

Bald darauf gingen wir wieder in den Wald. Er wartete auf dem Parkplatz vor dem Haus und sagte anstatt einer Begrüßung, sie haben mich in der Nacht aus dem Wald geholt.

Die Pflegerinnen?

Er schüttelte den Kopf, sagte aber nichts mehr.

Dieses Mal ging ich ihm voraus. Nur mit einem Nicken hatte er mir gedeutet, dass ich vorgehen sollte, als wir von der Straße auf den Waldweg einbogen. Ich wählte einen anderen Weg als beim letzten Mal. Ich wollte nicht, dass er wieder im Laub stehen blieb und traurig sagte, dass es hier nicht weiterging.

Hinter mir hörte ich ihn angestrengt atmen. Mir war zuvor aufgefallen, dass seine Schuhe ganz schlammverkrustet waren, die Klettverschlüsse waren ebenso mit einer Dreckschicht überzogen wie die Fersen und die Kappen vorne. Niemand schien ihm seine Schuhe zu putzen, wahrscheinlich war er dafür selbst verantwortlich, aber er achtete nicht darauf. Wenn seine Schuhe immer schmutzig waren, konnte aber auch niemand erkennen, ob er wieder unterwegs gewesen war.

Wahrscheinlich hatte er nicht die letzte Nacht gemeint, fiel mir ein. Es konnte gut sein, dass es ihm als Kind doch einmal gelungen war, im Wald zu bleiben, und dann hatten seine Mutter, Therese und die Nachbarn ihn gesucht.

Therese, flüsterte er. Ich drehte mich zu ihm um, weil ich dachte, er hätte mich angesprochen, aber er schaute nur auf das Laub vor seinen Füßen und folgte mir weiter.

Was ist mit Therese, fragte ich ihn. Er atmete schwer und stieß fast mit mir zusammen. Erschrocken stoppte er und schaute auf. Er suchte mein Gesicht ab. Von dort sieht man weit, sagte er und deutete den Hügel hinauf, neben zwei großen Fichten verbreiterte sich der Weg zu einem kleinen Platz.

Ich ging weiter und fragte mich, ob er mit sich selbst gesprochen hatte. Vielleicht hatte die Pflegeleiterin recht und niemand konnte abschätzen, wie weit er weg war. Ich bildete mir ein, dass ich ihn verstand und dass er mir etwas zu sagen hatte. In Gedanken vertieft war ich schneller gegangen und erreichte die zwei Fichten lange vor ihm. Er schien sich kaum vom Fleck bewegt zu haben. Aber er schaute nicht mehr nur auf den Weg vor sich, sondern nach links und rechts in den Wald hinein, als wäre ihm erst jetzt aufgefallen, wo er sich befand.

Die Bäume bildeten hier eine Schneise, sodass man auf die Häuser und auch auf den Fluss in der Ferne schauen konnte. Den Fluss konnte ich nur erahnen, ich wusste, erst von weiter oben hatte man einen guten Blick auf das Tal. Ich war nicht sicher, ob er es schon so weit nach oben geschafft hatte.

Auf Herrn Dobers Stirn glänzte der Schweiß. Er blieb neben mir stehen, atmete mehrmals tief ein und aus, deutete auf die Schneise, schau. Ich nickte. Ich hörte ein Auto unten auf der Straße vorbeifahren. In einem der Einfamilienhäuser, auf die wir nun hinuntersahen, ging im oberen Stockwerk ein Licht an. Wäre ich unten auf der Straße an dem Haus vorbeigegangen, wo es durch eine hohe Mauer oder einen Zaun vor Blicken geschützt war, hätte ich das nicht bemerkt.

Mir ist wieder eingefallen, dass Therese einmal eine ganze Nacht weg war. Ich hatte das vergessen, sagte er.

Ich wollte ihm nicht sagen, dass er das schon erwähnt hatte, ich sah weiter auf die Häuser, das Licht wurde wieder gelöscht. Mutter hat sich Sorgen gemacht, auch wenn sie es mir nicht sagen wollte. Das Abendessen ist auf dem Tisch gestanden, als ich nach Hause gekommen bin. Die Mutter hat gesagt, wir müssen alleine essen, Therese kommt später. Wir haben schweigend gegessen, die Mutter hat zu der Zeit nicht mehr viel gesagt. Ich habe nach dem Abendessen alles ordentlich weggeräumt, die Teller gespült und abgetrocknet. Therese hat immer geschimpft, wenn ich etwas nicht so gemacht habe, wie sie es wollte. Er ist auch schon groß und muss mithelfen, hat sie zur Mutter gesagt. Ohrfeigen hat sie mir keine gegeben, aber auf den Hinterkopf hat sie mich geschlagen, mit dem Kochlöffel, aber da hat man es nicht gesehen, unter den Haaren.

Er zippte seine Jacke zu, ich sah, dass der Reißverschluss repariert worden war. Der aufkommende Wind ließ die wenigen verbleibenden Blätter an den Bäumen rascheln, an den Fichten neben uns schwankten nur die dünnen Zweige ein wenig. Er erzählte, dass er sich bald darauf schlafen gelegt hatte. Er konnte jedoch nicht einschlafen, weil er darauf wartete, dass Therese nach Hause kam. Im Haus war es still, nur manchmal hörte er die Schritte seiner Mutter, die in der Küche auf und ab ging, zu ihrem Schlafzimmer, dann wieder in die Küche. Als er schon fast einnickte, seine Gedanken immer wirrer wurden, er überlegte, wie er das Fort in der Küche neu aufbauen sollte, hörte er plötzlich laute Stimmen. Die Mutter und Therese stritten in der Küche, nach wenigen Sätzen wurden sie aber leiser. Er schlief ein mit dem Gedanken, dass nun auch Therese endlich einmal bestraft werden würde. Doch am nächsten Morgen, als er aufstand und in die Küche kam, stand Therese am Herd und sagte ihm, er solle sich sein Frühstück selbst machen. Er musterte sie aufmerksam, doch er konnte nicht erkennen, dass sie blaue Flecken oder Kratzer hatte, die Mutter hatte sie nicht geschlagen.

Herr Dober wandte sich von der Schneise ab und zeigte den Hügel hinauf. Dort oben ist eine Bank, sagte er, setzen wir uns einen Moment hin. Die findet fast niemand. Ich konnte zwischen den Bäumen keine Bank erkennen. Er ging voran und bog dann auf einmal vom Weg ab, wo ich gar keine Abzweigung erkennen konnte. Zwischen dornigen Hagebuttenbüschen drängte er sich auf eine kleine Lichtung durch, wo die stark verwitterte Bank stand. Wir setzten uns.

Weder Therese noch die Mutter haben je wieder darüber gesprochen, dass sie so lange weg war, erzählte er. Sie ist in der nächsten Zeit immer wieder länger weg gewesen. Zu mir ist sie noch böser geworden, sie hat mich ständig mit dem Kochlöffel geschlagen, weil ich nicht ordentlich aufgewischt habe, die Hühner nicht richtig gefüttert habe, solche Sachen, bis ich mir nicht sicher war, ob sie nicht nur nach einer Ausrede gesucht hat für den Kochlöffel.

Er klopfte weiter seine Schuhe aneinander, im sonst stillen Wald war es das einzig hörbare Geräusch. Die Mutter hat einmal zu mir gesagt, dass Therese jetzt fast erwachsen ist und ihre eigenen Entscheidungen treffen kann, meinte er. Sie hat dabei auf den Boden geschaut, daher war ich sicher, dass sie mich anlügt.

Wo war Therese die ganze Zeit, fragte ich.

Er zuckte mit den Schultern, wo soll sie schon gewesen sein. Sie hat einen Soldaten gehabt, hat es geheißen. Dabei war er gar kein Soldat, nur ein Aufseher. Besser ein Aufseher als ein Franzose, hat Georg gemeint.

Ich bin dann noch öfter in den Wald gelaufen, sagte er, und auch länger geblieben, obwohl ich wusste, dass dann wieder der Kochlöffel kommt. Der Kopf hat mir so wehgetan, dass ich nur auf der Seite habe schlafen können. Im Wald haben wir zu der Zeit schon Krieg gespielt. Wir gegen die Russen. Weil niemand die Russen spielen wollte, haben wir gegen unsichtbare Russen gekämpft, auch wenn Georg gesagt hat, dass das Unsinn ist. Bis Georg auch weg war.

Er zog seine Schultern hoch. Die Hagebuttensträucher vor uns hatten auch schon die Blätter verloren. Es tat ihm bestimmt nicht gut, immer in diesen Geschichten zu versinken, dachte ich, wohin sollte das schon führen? Aber so würden die Pflegerinnen auch denken, korrigierte ich mich selbst, sie würden ihm gern das Erinnern verbieten, weil es nur Ärger machte. Und eben das erinnerte ihn noch stärker an früher.

Es ist gar nicht kalt, sagte er und nahm seine Hände aus den Jackentaschen. Ich bin Schlimmeres gewöhnt. Ich war sogar im Winter draußen, im Dunkeln habe ich den Weg nach Hause auch schnell gefunden, dazu musste ich ihn nicht sehen.

Wir sollten zurück, sagte ich und stand auf.

Er tat so, als ob er mich nicht gehört hätte, und spielte am Reißverschluss seiner Jacke. Ein Vogel flog an uns vorbei und landete laut schimpfend auf einem Ast rechts von uns. Es war eine Drossel, sie legte den Kopf schief.

Gehen wir, es wird dunkel, sagte er. Er stand rasch auf, im Vorbeigehen tippte er mir an die Schulter und sagte, ich finde den Weg zurück schon, keine Angst. Die Hagebuttenranken verhakten sich in seiner Hose, aber er riss sich los, ein kleiner Zweig blieb am Hosenbein hängen. Ich folgte langsam und stieg über die Ranken hinweg. Bergab war er schneller unterwegs, er achtete auch nicht darauf, wo seine Füße hintraten, sondern ging mit erhobenem Kopf und sah sich zwischen den Bäumen um. Ich dachte, dass er schneller geworden war, weil er sich auf der Bank ausgeruht hatte.

Als ich mich am Parkplatz von ihm verabschiedete, sah ich, dass der Zipp seiner Jacke wieder ausgerissen war. Ihn schien es nicht zu kümmern, ihm war nicht kalt. Er verabschiedete sich mit einem Lächeln. Im Speisesaal war das Licht schon aus, er hatte das Abendessen verpasst. Ich hoffte, dass er nicht dafür bestraft werden würde, bis mir einfiel, dass drinnen nicht Therese auf ihn wartete, sondern nur die Pflegerinnen vom Nachtdienst.

7

Für Anfang Oktober wurde es noch einmal ungewöhnlich warm, doch Herr Dober bekam davon nicht viel mit, weil er mit einer schweren Erkältung im Bett lag. Die Pflegeleiterin schickte mich einmal weg, als ich ihn besuchen wollte. Sie passte mich auf dem Gang ab und erklärte mir, er ist schwer krank und braucht Ruhe. Ich fragte nach, was ihm fehle, sie blieb vage, sagte etwas von Fieber und Husten und Halsschmerzen. Als ich zwei Tage später wiederkam, war es draußen sonnig. Ich trug keine Jacke und auf den Gängen begegnete ich niemandem. Herr Dober rief laut »Herein«, als ich an seine Tür klopfte.

Er saß aufrecht im Bett, an einen Stapel Kissen gelehnt, seine Haare glänzten fettig und sein Gesicht war gerötet. Nur eine Verkühlung, sagte er. Er deutete auf das Regal über seinem Tisch und bat mich, ihm das Buch mit dem Fuchs zu bringen. Ich sah, dass nur noch zwei andere Bücher da waren, die übrigen fehlten.

Wo sind Ihre Bücher hin, fragte ich ihn.

Frau Schranz hat gesagt, sie braucht die Bücher, sie bringt sie mir bald zurück.

Wer ist Frau Schranz, fragte ich, nahm das Buch vom Regal und zog mir einen der Sessel vom Tisch an sein Bett.

Sie ist, er zögerte, sie arbeitet hier. Sie braucht die Bücher. Ich ging in Gedanken die Pflegerinnen durch und überlegte, wer Frau Schranz sein könnte. Aber da sie keine Namensschilder trugen, wusste ich nicht einmal von denen, die ich häufig sah, wie sie hießen.

Für wen braucht sie die Bücher?

Das habe ich nicht gefragt. Er nahm mir das Buch ab und schlug es auf, blätterte hastig darin herum. Er hielt bei einem Bild von einem toten Reh kurz inne, es lag auf der Seite, der Hals unnatürlich gekrümmt und vom Blut dunkel verfärbt. Ich hatte mich schon beim letzten Mal gefragt, was es in diesem Buch zwischen den friedlichen Tieraufnahmen zu suchen hatte. Fast, als hätte es der Fotograf zwischen die anderen Bilder eingeschmuggelt. Herr Dober blätterte weiter, strich mit dem Daumen an den Seitenkanten entlang.

Der Fuchs ist weg, sagte er leise.

Nein, warten Sie, sagte ich und griff nach dem Buch, aber

er entzog es mir und klammerte sich daran. Er zitterte, er ist weg.

Wenn Sie mir das Buch geben, setzte ich vorsichtig an.

Er sah mich wütend an, ließ das Buch los, es rutschte zur Seite, von seinen Beinen hinunter auf das Bett. Ich hob es auf, blätterte bis zu dem Bild mit den dichten Farnen und hielt es ihm hin.

Hier ist der Fuchs, sagte ich. Er sah irritiert zu mir, zum Buch, ich tippte mit dem Zeigefinger auf die Fuchsschnauze zwischen den Farnwedeln. Er hob die Hand, strich über das Bild, den meine ich nicht.

Ich nahm das Buch wieder mit beiden Händen, blätterte es langsam Foto für Foto durch, ich konnte mich an kein anderes Bild von einem Fuchs erinnern. Eichhörnchen, Amseln, Drosseln, eine Wildkatze, wieder das tote Reh.

Der Fuchs im Wald, sagte er, der echte. Ich habe ihn noch einmal gesehen, auf einem Hügel, die Ohren gespitzt.

Herr Dober schwitzte. Die letzten Tage musste er im Bett verbracht haben, wahrscheinlich hatte er immer noch Fieber und nicht genug getrunken.

Füchse bellen nicht wie Hunde, es klingt viel heller. Sie keifen. Sie beschweren sich. Der Fuchs im Wald ist nur stumm dagestanden, mit einem Ohr hat er gezuckt. In der Dämmerung habe ich ihn kaum gesehen. Ich glaube, er hat auch gezwinkert. Das habe ich auch gesagt, als ich nach Hause gekommen bin, weil es so spät war. Dass der Fuchs gezwinkert hat. Therese hat mir zum ersten Mal eine runtergehaut. Sie wollte aus dem Haus gehen, sie war schon spät dran, und dann kam ich mit solchen Geschichten nach Hause. Sie hat mich in die Speis gezerrt, die war schon leer zu dieser Zeit, hat mir noch eine runtergehaut. Ich wollte mich an ihr vorbeidrängen, wieder hinaus, aber sie hat die Tür zugedrückt und von außen zugesperrt. Zur Strafe gibt es kein Essen und du bleibst in der Speis, bis ich nach Hause komme, hat sie gerufen. Die Mutter hat schon geschlafen. Sie hat viel geschlafen. Oder sie wollte sich nicht einmischen. Jedenfalls hat sie mein Rütteln und Klopfen nicht gehört, mit dem ich angefangen habe, sobald Therese die Haustür laut hinter sich geschlossen hat. Ich bin später eingeschlafen, im Sitzen, es war gerade genug Platz, um sich hinzusetzen und die Beine auszustrecken zwischen den leeren Regalfächern.

Ich drehte das Buch zwischen den Händen hin und her, sah mich um. Auf seinem Nachtkästchen stand eine Teekanne aus Plastik, daneben eine Tasse. Eine Pflegerin musste sie ihm gebracht haben, aber sie hatte ihm keinen Tee eingeschenkt.

Im Einschlafen, oder war es wieder im Aufwachen, habe ich dann beschlossen, dass ich im Wald bleiben will. Ich bleibe einfach im Wald, habe ich mir geschworen, ich komme nicht mehr nach Hause. Ich brauche ein Messer, ich muss das Fort wieder aufbauen, habe ich überlegt, dann bin ich wieder eingeschlafen oder richtig wach geworden, weil ich gehört habe, wie die Haustür aufgesperrt wird.

Er räusperte sich und griff nach der Tasse, setzte sie an die Lippen, merkte dann, dass sie leer war und stellte sie wieder ab. Wenn ich einfach im Wald bleiben könnte, wäre alles einfacher. Ich schenkte ihm Tee ein. Er trank gierig.

Und die anderen Kinder, fragte ich.

Welche anderen Kinder?

Georg und die anderen, die auch im Wald gespielt haben.

Georg hat eine Uniform angezogen, sagte er, Georg ist auch mit zu denen und hat gesagt, dort darf er schnitzen und aufpassen und dort stören keine Mädchen. Er wischte sich mit dem Handrücken über den Mund. Im Wald hätte ich meine Ruhe, niemand will zu nahe an den Zaun kommen. Er lehnte sich in sein Kissen zurück und schloss die Augen, nur der Fuchs ist weg. Er sprach leise vor sich hin, ich verstand seine gemurmelten Worte nicht. Er rutschte tiefer unter seine Decke. Ich stellte das Buch zurück ins Regal und schloss die Zimmertür leise hinter mir.

Auf dem Weg nach unten kam mir eine müde ältere Pflegerin entgegen. Ich grüßte sie leise, doch sie blieb stehen.

Wie geht es ihm, wollte sie wissen.

Wem? Ich stand eine Stufe unter ihr, dennoch war sie kleiner als ich.

Entschuldigung, sagte sie, und dann, Schranz. Sie hielt mir ihre Hand hin.

Es geht ihm nicht so gut, sagte ich und bereute es gleich. Sie hielt meine Hand fest, ihre Handfläche war rau und kühl. Ich muss weiter, sagte ich und zog meine Hand entschlossen zurück.

Das tut mir leid, antwortete sie. Ich ging, ohne mich zu verabschieden.

8

Bald darauf fing mich Frau Schranz vor seiner Tür ab. Sie kam aus dem Zimmer, grüßte mich und sagte mir, dass sie ihm gerade seine Bücher zurückgebracht habe. Sie fragte, kommen Sie immer noch so oft auf Besuch?

Ich komme vorbei, so oft ich kann.

Sie nickte. Seine Bücher sind ihm wichtig. Als er zu uns gekommen ist, hat er erzählt, dass er eine ganze Bücherwand zu Hause hatte, eine richtige Bibliothek. Als er umziehen musste, konnte er nur ein paar mitnehmen. Er hat ausschließlich Bildbände ausgesucht, weil er die Romane nicht mehr brauchen konnte. Von denen wusste er, wie sie ausgehen.

Ich nickte. Mir hatte er nie davon erzählt. Ich machte

einen Schritt auf die Tür zu, doch Frau Schranz blieb davor stehen.

Wir sind nicht sicher, sagte sie, ob er sich fängt. Sie verschränkte ihre Arme vor der Brust. Die Krankheit hat ihn sehr geschwächt, er wirkt noch verwirrter als sonst. Gestern ist er nicht zum Abendessen gekommen.

Er war eben lange allein auf seinem Zimmer, meinte ich.

Sie hob das Kinn und sagte, das stimmt schon. Wir wollen nur nicht, dass Sie sich falsche Hoffnungen machen. Ab einem gewissen Punkt wird es nicht mehr besser, auch wenn die Angehörigen das gerne wollen und auch wir uns natürlich wünschen würden, dass es so wäre.

Warum sprechen Sie im Plural?

Sie sah mich verwirrt an. Wir wollen Ihnen, sie korrigierte sich, ich will Ihnen nur helfen.

Danke, ich brauche im Moment keine Hilfe.

Ich will Ihnen nur sagen, ich kenne das. Ich kann mir vorstellen, wie das für Sie ist mit Ihrem Großonkel. Sie löste ihre verschränkten Arme wieder und machte einen Schritt von der Tür weg. Ich nickte und wartete, bis sie an mir vorbeigegangen war und die Tür zu einem anderen Zimmer öffnete.

Herr Dober wartete an seinen Tisch gelehnt auf mich. Er trug seine dünne Jacke, die Schuhe waren frisch geputzt.

Die Jacke brauchen Sie heute nicht, sagte ich. Er schälte sich mühsam aus der Jacke, ließ sie auf den Sessel neben sich fallen, von wo sie auf den Boden rutschte. Herr Dober machte eine wegwerfende Handbewegung und ging um die Jacke herum.

Gehen wir, sagte ich nur und er nickte und kam mit mir nach draußen. Wortlos folgten wir dem üblichen Weg.

Hagebutten gibt es dieses Jahr viele, sagte er und deutete auf einige große Büsche, an denen die Hagebutten rot leuchteten. Als Kinder haben wir die immer gegessen.

Weil Sie nicht so viel zu essen hatten?

Du hast noch nie Hagebutten gegessen. Die sind erst nach dem Frost genießbar. Er drückte sich an dem Stamm vorbei, stieg über abgebrochene Äste hinweg, doch dichtes Gestrüpp versperrte ihm den letzten Meter zu den Hagebuttenbüschen. Er machte noch einen zögerlichen Schritt nach vorne, bog einen Zweig zur Seite, gab dann auf. Schade, sagte er, aber sie sind eh noch nicht gefroren. Er stützte sich auf meinen Arm und ließ sich zurück auf den Weg führen.

Im letzten Winter habe ich so viel davon gegessen, dass ich Bauchschmerzen bekommen habe.

Letzten Winter waren Sie so viel im Wald?

Er sah noch einmal zu den Hagebuttensträuchern hin. Nein, im letzten Winter, als die Mutter zu kochen aufgehört hat. Nachdem der Brief gekommen ist, dass der Vater gefallen ist.

Wann war das?

Therese hat den Brief als Erste gelesen. Die Mutter wollte ihn gar nicht lesen. Therese hat ihn laut vorgelesen und mir erklärt, was er zu bedeuten hat. Als ob ich das nicht selbst verstanden hätte.

Seine Stimme wurde immer leiser, er räusperte sich und blieb stehen. Diesen Winter will ich wieder Hagebutten essen, aus denen kann man auch Marmelade machen.

Aber was ist dann passiert? Ich ging ihm ein paar Schritte voraus, bohrte meine Schuhspitze zwischen die Zapfen in der Mulde.

Wann?

Nachdem der Brief gekommen ist.

Er drehte sich wieder nach den Hagebuttensträuchern um. Nichts anderes als vorher. Aber ich habe nicht mehr darauf hoffen können, dass der Vater zurückkommt.

Ich hole die Hagebutten, sagte ich, stieg über die abgebrochenen Äste hinweg, balancierte über einen Stein und schob mich durch die festen, schon trockenen Büsche, die um die Hagebuttensträucher wuchsen. Ich griff nach einem Zweig, riss fest daran, spürte, wie mich ein Dorn in die Handfläche stach, ließ nicht locker, der Zweig riss ab. Ich griff nach dem nächsten, riss und bog und zog, bis ich auch diesen in der Hand hielt. Als ich ein Bündel Hagebuttenzweige unter dem Arm hatte, fühlten sich beide Handflächen zerkratzt an. Auf der Haut waren aber kaum Kratzer zu sehen, nur einige große, rote Flecken.

Herr Dober nahm mir das Bündel ab und klemmte es sich unter den Arm. Jetzt kann man sie noch nicht essen, sagte er.

Sollen wir wieder zurückgehen?

Er presste das Bündel fest gegen seine Seite, nein, ich will den Fluss noch sehen. Tief holte er Luft und machte ein paar Schritte bergauf. Ich wunderte mich, dass er von der Aussicht auf den Fluss wusste.

Den ganzen Winter kann man im Wald nicht überleben, sagte er, den Blick fest auf den Boden vor sich gerichtet.

Haben Sie das schon einmal versucht?

Er antwortete mir nicht. An der nächsten Weggabelung bog er ohne zu zögern nach links ab, ich fiel wieder ein paar Schritte hinter ihn zurück. Einer der Zweige rutschte aus dem Bündel, verhakte sich noch in den anderen, pendelte eine Weile hinter seinem Rücken, bis er endgültig herausrutschte und zu Boden fiel. Ich hob ihn auf und trug ihn hinter Herrn Dober her.

Als sich zwischen den Bäumen links von uns, den Abhang hinunter, eine Schneise auftat, blieb er stehen und streckte sich. Von hier kann man den Fluss fast sehen, sagte Herr Dober. Ich stellte mich auf die Zehenspitzen, versuchte, über die Wipfel der weiter unten stehenden Bäume zu sehen. Aber wahrscheinlich bildete ich mir nur ein, dass ich den Fluss sehen konnte.

Er reichte mir das Bündel Zweige wieder zurück. Heute bin ich zu müde, um noch weiter zu gehen. Und die Hagebutten brauchen Wasser.

Er wandte sich wieder um, ich hielt ihn am Jackenärmel fest, der Weg nach oben zur Straße ist kürzer, und da ist das Bergabgehen einfacher. Ich deutete zwischen die Bäume, wo die Straße quer durch den Weg schnitt. Er zog seinen Arm weg, ich will aber auf dem Weg gehen.

Die Hagebuttendornen stachen mich durch meine Jacke in die Seite, immer wieder rutschte einer der Zweige nach vorne oder hinten auf dem Weg nach unten. Ich presste sie mit dem Arm fest gegen mich und fragte mich zugleich den ganzen Weg entlang, ob ich nicht doch den einen oder anderen verlor und eine Spur aus Hagebutten und Zweigen hinter uns her zog.

Auf dem Parkplatz vor dem Heim reichte ich ihm seine Zweige wieder. Er schien die Dornen nicht zu spüren, hielt das Bündel fest umfasst. Ich pflückte eine der Hagebutten vom Zweig und zerdrückte sie, haarige Samen quollen heraus. Ich konnte ihm nicht glauben, dass sie genießbar waren. Er blieb abwartend stehen, die Zweige vor der Brust.

Frau Schranz sagt, dass Sie in Ihrer Wohnung eine ganze Bibliothek hatten. Vermissen Sie die Bücher nicht?

Er sah konzentriert auf die roten Beeren vor sich, sodass ich schon sicher war, dass er die Frage nicht gehört oder nicht verstanden hatte. Was soll ich denn damit, sagte er leise. In den Wald kann ich sie ohnehin nicht mitnehmen. Mit zwei Fingern zog er einen der Zweige aus dem Bündel und reichte ihn mir. Ich nahm ihn mit nach Hause und stellte ihn in eine leere Vase, wo er lange nicht vertrocknen wollte.

9

Auf den Winter kann man sich vorbereiten, sagte Herr Dober. Er achtete nicht auf die Aussicht hinter sich, den Wald-
abhang, der die Ausläufer der Stadt unten verdeckte, und den
Fluss noch weiter unten im Tal. Seit wir auf der Kuppe angekommen waren, hatte er nicht zum Fluss gesehen, obwohl ich
gedacht hatte, dass wir seinetwegen hier herauf gekommen
waren. Stattdessen stand er dem Granitfelsen zugewandt, der
wie ein zu groß geratener Kiesel zwischen den Büschen brust-
hoch aufragte, und strich über die abgeschliffene graue Kuppe
vor sich. Wenn man früh genug anfängt, sich vorzubereiten,
kann man ihn schon durchstehen. Früher habe ich gedacht,
dass ich Vorräte vergraben muss, aber der Boden greift alles
an, Kisten und Säcke werden weich und faulig. Wenn man
überhaupt die Stelle wiederfindet, an der man sie vergraben
hat.

Was alles, fragte ich und begann ebenso, über den kühlen
Felsen zu streicheln.

Konserven wären am besten gewesen, aber die haben wir
nicht gehabt. Georg hat einmal Nüsse in einer Blechbox vergraben, ich glaube, die konnte er auch nicht wiederfinden.
Eingelegtes, habe ich gedacht, Gurken und Paprika, Marme-
laden und Kompott. Aber dann ist immer noch die Frage,
wie man das aufbekommt. Die Deckel auf den Marmeladen-
gläsern und auf den Kompottgläsern haben sich zu fest ange-
saugt, wenn die Gläser abgekühlt sind.

Er rieb mit dem Zeigefinger über eine hellgraue Flechte
auf dem Stein, die sich langsam an den Rändern ablöste. Er
begann, an ihr zu zupfen, aber die Ranken waren zu fein, er
konnte sie nicht zwischen den Fingern fassen.

Wann war das, fragte ich, aber er ging nicht darauf ein.
Stattdessen sagte er, Therese hat die Speis immer abgesperrt,

auch wenn sie leer war. Sie hat den Schlüssel in ihre Rocktasche gesteckt, wenn sie außer Haus gegangen ist.

An der Stelle, wo er die Flechte abgerieben hatte, war der Felsen ein wenig dunkler.

Wenn man nichts mehr zu essen hat, sagte er, muss man sich langsamer und weniger bewegen, damit man seine Energie nicht zu schnell verbraucht. Herr Dober sprach monotoner als sonst, als würde er etwas Auswendiggelerntes aufsagen. Ich war mir nicht sicher, ob das stimmte, was er erzählte.

Wenn man im Wald bleiben will, muss man unsichtbar werden, sagte er. Niemand durfte mich entdecken, die anderen Buben nicht, Therese nicht, aber auch der Polizist oder die Soldaten nicht. Aber das habe ich nicht geschafft, so lange ruhig sitzen, das war mir schon klar, dass ich das nicht schaffen würde. Heute wäre das anders. Er drehte sich zum Abhang um und rieb seine Fingerspitzen aneinander, streifte die letzten Reste der Flechte ab und ließ sie auf den Boden rieseln. Ich steckte meine flechtenfeuchte Hand tief in die Jackentasche, auf einmal war mir kalt geworden.

Er machte ein paar Schritte den Hang hinunter und deutete zwischen die Büsche vor sich. Hier bin ich einmal einen Nachmittag lang gesessen. Zuerst gelegen, weil ich gestürzt bin und nicht mehr sicher war, ob ich noch aufstehen kann. Ich habe den kalten Boden im Rücken gespürt und am Hinterkopf. Die Blätter über mir waren noch alle grün. Am Ende bin ich doch noch aufgestanden, ich habe mir nur blaue Flecken am Rücken geholt. Die habe ich Tage später noch gespürt, aber niemand hat etwas gemerkt.

Ich sah zu den Kronen der Bäume und den schon gelb verfärbten Blättern. In wenigen Wochen würden die Bäume und Büsche alle kahl sein, dann wäre es noch schwieriger, sich zu verstecken.

Es gibt angeblich Menschen, die sich jahrelang im Wald

verstecken und unbehelligt bleiben, sagte ich. Solange sie nicht von Jägern oder Wanderern aufgestöbert werden, können sie sich in die Stille zurückziehen, wann immer sie wollen, und gehen nur in die Zivilisation zurück, wenn sie Werkzeug oder Konserven brauchen.

Herr Dober wiegte den Kopf hin und her, dann begann er langsam mit dem Abstieg. Ich blieb am Stein stehen und sah ihm dabei zu, wie er den Hang eher hinunterrutschte als ging, aber dabei sicher auf seinen Beinen blieb.

Halb über die Schulter zurück zu mir sagte er, mir wird schon wieder schwindlig. Er machte rasch einen Schritt zum nächsten Baum hin und stützte sich mit der rechten Hand schwer ab. Ich griff nach seinem linken Arm, bereit, ihn in meine Richtung zu ziehen, wenn er fallen sollte, aber er wand seinen Arm aus meinem Griff. Es geht schon, ich brauche nur einen Moment, dann geht es schon.

Wird Ihnen in letzter Zeit öfter schwindlig?

Ich kann mich an ein Mal erinnern. Ich habe mich auf dem Dach vor Therese versteckt. Erst wollte ich nur auf den Dachboden, aber ich habe gedacht, dort findet sie mich noch, also bin ich aus einem Dachfenster nach draußen geklettert. Ich habe die Eier fallen gelassen, als ich sie in die Küche getragen habe, den ganzen Korb mit den Eiern. Ich habe mich nicht getraut, hineinzuschauen, ob nicht noch eines heil war, es waren nicht viele, aber ich war sicher, dass sie alle zerbrochen sind. Ich habe den Korb im Flur liegen gelassen, da, wo er mir hinuntergefallen ist, und bin nach oben zum Dachboden gelaufen. Ich war sicher, Therese würde mich schlimmer bestrafen als jemals zuvor, wenn sie nach Hause kommt. Also bin ich dann auf dem Dach gelegen, ganz dicht an die Ziegel gepresst, und habe gelauscht, ob ich sie nach Hause kommen höre.

Er drehte sich um und lehnte sich mit dem Rücken schwer gegen den Baum. Er sah an mir vorbei den Hügel hinauf, als er weitererzählte. Ich habe geglaubt, dass ich sie hören kann, wie sie näher zum Hof kommt, wie sie das Tor aufzieht. Aber dann habe ich nichts mehr gehört, keine Schritte zum Haus, kein Quietschen von der Eingangstür. Ich habe bis fünfzig gezählt, aber das hat nicht geholfen. Ich musste wissen, was im Hof los ist, ich habe mich langsam bis zur Kante nach vorne geschoben und nach unten gespäht. Im Hof waren nur die Hühner, die auf und ab gelaufen sind, keine Therese. Aber ich habe zu lange auf den Boden geschaut, er ist immer näher gekommen. Ich hab mich an der Dachkante festgekrallt, an den rauen Ziegeln, doch ich war sicher, dass ich hinunterrutsche. Die Hühner unter mir haben angefangen zu schwanken, immer stärker. Ich musste die Augen schließen.

Er schloss die Augen und drückte seine Hände fest gegen den Stamm. Erst als es zu regnen angefangen hat, hat der Schwindel aufgehört, und ich habe es zum Dachfenster zurück geschafft. Später ist mir immer schwindlig geworden, wenn ich auf eine Leiter steigen sollte. Der hält keine Höhe aus, haben sie in der Firma über mich gesagt. Sie haben mich zum Spaß ins Lager geschickt, ich musste etwas vom obersten Regal holen. Nur damit sie mich auslachen konnten, wenn ich mit zitternden Knien hinaufgestiegen bin.

Er löste sich vom Stamm und blieb breitbeinig stehen. Ich weiß nur noch, dass sie mich nicht erwischt hat, und auch nicht bestraft. Aber ich weiß nicht mehr, warum. Die Mutter war bestimmt enttäuscht, dass ich die Eier habe fallen lassen und dass wir noch weniger zu essen hatten. Doch zu der Zeit hat sie kaum noch was gesagt. Sie ist nur noch im Bett gelegen. Zumindest hat Therese das so erzählt, wenn sie aus dem Elternschlafzimmer herausgekommen ist, sie liegt nur noch im Bett.

Das ist lange her, sagte er noch, und dann nichts mehr. Den ganzen Weg hinunter zum Seniorenheim ging er konzentriert voran, sah die meiste Zeit nur auf den Boden vor seinen Füßen. Erst auf dem Parkplatz blieb er wieder stehen.

Ich weiß, dass ich nicht für immer draußen bleiben könnte, sagte er. Aber ich möchte einmal in Ruhe schlafen. Ohne das Gejammer der alten Leute, die nicht schlafen können. Ohne die lauten Schritte, wenn die Schwester zur Kontrolle über den Gang geht. Ohne die klopfenden Wasserrohre und das Knacken in den Heizkörpern.

Die Pflegedienstleiterin kam aus dem Haus und winkte zu uns herüber. Herr Dober hob den Arm kurz und sagte dann leise, ich habe geglaubt, ich könnte so lange im Wald bleiben, bis alles vorbei ist, bis es wieder normal wird. Bis die Mutter wieder aus ihrem Zimmer kommt und nicht nur hin und wieder Frühstück macht. Bis sie mir wieder anschafft, dass ich die Hühner füttern soll. Und dass sie Therese sagt, sie soll den Boden wischen und am Abend rechtzeitig zu Hause sein. Bis der Zaun wieder verschwunden ist und die Hütten dahinter.

Gleich gibt es Abendessen, rief die Pflegedienstleiterin über den Parkplatz. Hastig sagte Herr Dober, oder so lange, dass ich gemerkt hätte, dass alles nur ein Traum war, dass ich im Wald eingeschlafen bin und es den Zaun nie gegeben hat und ich nie Schüsse in der Nacht gehört habe aus dem Dorf. Und dass es auch die Russen nicht gegeben hat, die dann doch Franzosen waren und die auf den Feldern mitarbeiten mussten.

Wo kamen die Männer her? Wie viele waren es?

Er sah zur Pflegedienstleiterin hinüber. Ich habe sie nicht wirklich gesehen, ich habe weggesehen, ich schwöre es. Ich habe ihnen nicht in die Augen geschaut, ich habe sie nicht gegrüßt. Ich habe so getan, als ob sie nicht da wären, wie Therese gesagt hat.

Ich muss gehen, er klopfte mir auf den Arm und wandte sich ab. Halb über die Schulter hinweg sagte er noch zu mir, und später waren sie dann wirklich wieder weg, als ob es sie nie gegeben hätte, und niemand hat mehr über sie gesprochen oder über den Zaun.

Die Pflegedienstleiterin blieb vor dem Eingang stehen, bis er an ihr vorbeigegangen war. Erst nach einigen Sekunden folgte sie ihm nach drinnen.

10

Spätnachts weckten mich Halsschmerzen. Der Schmerz schob sich beim Schlucken nach unten, drückte wieder nach oben. Ich hatte mich beim Einschlafen leicht erkältet gefühlt, nun waren meine Zehen kalt. Ich fuhr mir mit dem Pyjamaärmel über die feuchte Stirn.

Ich holte mir ein Glas Wasser, aber das Schlucken tat zu sehr weh. Als ich den Wasserkocher einschaltete, um mir einen Tee zu machen, war ich mir sicher, dass ich nun nicht mehr einschlafen könnte.

Ich dachte an das Haus. Ich hatte es mir immer im Wald vorgestellt, von hohen Fichten umgeben. So konnte er mit wenigen Schritten zwischen den Bäumen verschwinden. Herr Dober hatte aber nie erwähnt, wo das Haus genau gestanden war.

Mit der Teetasse in der Hand ging ich ins Schlafzimmer zurück. Die Luft war abgestanden, ich öffnete das Fenster und lehnte mich nach draußen. Es war kalt und roch nach Regen, doch die Straße unten war trocken. Ich fröstelte und schloss das Fenster wieder.

Mit dem Laptop auf den Knien, die Teetasse neben mir, setzte ich mich wieder aufs Bett. Er hatte die Hühner füttern müssen, ich stellte mir vor, dass es einen großen Hof nach hinten hinaus gab, ein schweres, dunkles Hoftor. Es konnte sein, dass sich das Haus mitten im Ort befand. Er hatte erst zwischen den Häusern entlanglaufen und sich unter den Küchenfenstern der Nachbarn vorbeidrücken müssen, bis er endlich den Waldrand erreicht hatte.

Ich wusste nicht, wie der Ort hieß. Ich öffnete im Browser eine Karte, gab die Adresse des Seniorenheims ein. Der Wald nördlich davon, das Flusstal im Süden, ich zoomte weiter hinaus und sah die dunkelgrünen Waldflecken in der näheren Umgebung an. Das half nicht, wenn ich nicht einmal die ungefähre Richtung wusste.

Ich überlegte, wonach ich suchen könnte, und tippte nach längerem Zögern schließlich »Gefangenenlager« ein. Ich klickte mich durch mehrere Seiten zu deutschen Strafgefangenenlagern an der Grenze zu den Niederlanden, auf denen historische Aufnahmen, Zeitzeugenberichte und Pläne zusammengetragen waren. Ich fand Listen und Erwähnungen von russischen und australischen Strafgefangenenlagern. Erst später kam ich auf die Begriffe »Stalag« und »Stammlager«, und las, dass damit große Kriegsgefangenenlager im 20. Jahrhundert bezeichnet wurden. Nicht nur, aber vor allem unter den Nationalsozialisten. Ich stieß auf Luftaufnahmen von Barackenreihen, Schnappschüsse von Russen, Belgiern, Amerikanern, die in Gruppen zusammenstanden, mit zusammengekniffenen Augen der Kamera entgegenstarrten, die Körper abgemagert unter den zu großen Hemden und Hosen. Männer, die auf Feldern arbeiteten. Dann eine lange Reihe von Männern, davor ein Aufseher in Militäruniform mit schwarzer Kappe. Mehrere Soldaten mit schwarzen Kappen zwischen Barackenreihen.

Ich tippte die Namen der Orte, die ich fand, auf der Karte ein, zoomte hinein und heraus. Suchte nach einem Wald in der Nähe, nach Hügeln, fand nur Felder, Bundesstraßen, immergleiche Dörfer, die sich um eine Durchzugsstraße drängten und wieder in Fluren und Wäldern aufgingen. Ich sah auf die grünen, braunen, roten Flecken, die beim Heranzoomen zu Bäumen, Feldreihen, Hausdächern wurden, bis ich nicht mehr wusste, ob ich nun noch in Österreich suchte oder in Deutschland oder gar anderswo. Ich musste gähnen und drehte den Laptop wieder ab, legte ihn neben das Bett auf den Boden.

Ich erwachte zusammengekrümmt in meinem Bett, mit Nackenschmerzen und der Erinnerung an ein Foto von einer lächelnden Bäuerin und einem Strafgefangenen, die zusammen im Weingarten arbeiteten. Sie lächelten in die Kamera, nicht einander an.

Ich sollte im Heim anrufen und einfach in der Verwaltung nachfragen, dachte ich. Fragen, woher er stammte. Aber dann würden sie mich fragen, warum ich das nicht wisse, als seine Großnichte.

Und was würde das ändern? Ich öffnete den Laptop wieder und suchte noch einmal akribisch die Karte ab, bei einem der Lager schien ein Waldstück nicht weit entfernt zu sein, hügelig war es dort auch. Ein Ort, der nur wenige Kilometer entfernt war. Ich suchte schon nach dem Busfahrplan mit dem Gedanken, dorthin zu fahren und durch den Wald zu gehen, bevor ich Herrn Dober das nächste Mal besuchte. Aber gleich darauf schloss ich alle Browserfenster wieder. Denn ich wusste nicht, was genau ich dort suchen sollte. Und es war genauso wahrscheinlich, dass ich mir dort einbilden wollte, etwas wiederzuerkennen, wie es war, dass der Wald in der Zwischenzeit abgeholzt worden war. Oder dass er nie so groß gewesen war, wie er in Herrn Dobers Erinnerung schien.

11

Ich kam übermüdet zur Arbeit. Ich hatte mir vorgenommen, mit meinen Abgaben weiterzukommen und nicht über den Wald nachzudenken. Die meiste Zeit starrte ich auf den blinkenden Cursor und überlegte, doch ins Heim zu gehen. Am Nachmittag raffte ich mich auf und machte mich auf den Weg.

Ich klopfte bei der Pflegedienstleitung, mit der vagen Vorstellung, ein Gespräch über Herrn Dober zu beginnen und so unauffällig wie möglich doch noch nachzufragen, woher er stammte. Doch ich wurde nicht hineingerufen, nach nochmaligem Klopfen drückte ich die Klinke herunter. Ich war erleichtert, als ich merkte, dass abgeschlossen war. Denn bei offener Tür hätte ich hineinschleichen und nach Herrn Dobers Akte stöbern müssen.

Er saß in seinem Zimmer und hatte einen Sessel ans Fenster geschoben. Er trug Schuhe und einen Schal um den Hals.

Wo ist Ihre Jacke, sagte ich anstatt einer Begrüßung. An den Garderobenhaken hinter seiner Tür fehlte sie auch.

Ich habe alles Mögliche versteckt, sagte er und beugte sich so weit nach vorne, dass seine Stirn beinahe das Glas berührte. Ich muss vorbereitet sein, wenn Therese wiederkommt.

Ich sah mich um, seine Teekanne fehlte, in der obersten Lade der Kommode war ein Socken eingeklemmt. Ich zog die Lade auf, bis auf den einzelnen Socken war sie leer.

Er summte vor sich hin und sagte, sie werden es nicht finden.

Therese ist tot, sagte ich.

Er reagierte nicht, legte nur eine Hand auf die Glasscheibe vor sich.

Therese ist tot, wiederholte ich.

Therese kommt wieder, sagte er noch einmal, der Vater ist

tot. Therese war hinter dem Zaun. Das weiß die Mutter auch, aber sie sagt nichts dagegen.

Bei unserem letzten Waldspaziergang hatte er die Jacke noch gehabt. Ich trat neben ihn und berührte ihn an der Schulter.

Der Zaun hat oben Stacheldraht und aus dem Wachtturm können sie mich sehen, sagt Therese, flüsterte er.

Er wirkte müde und unruhig, er sah nur auf seine Hand an der Scheibe, reagierte auch nicht, als ich ihm über die Schulter strich. Er hatte wohl kaum geschlafen in den letzten Tagen. Ich fragte mich, ob das im Heim jemandem aufgefallen war. Ob ihm von den Pflegerinnen jemand helfen würde.

Ich weiß, was hinter dem Zaun ist, sagte ich.

Das wissen alle, sagte er. Aber sie reden nicht darüber, sie haben nie darüber geredet. Die Mutter hat zu mir einmal gesagt, was soll da sein, hinter dem Wald. Alles hat seine Ordnung.

Wo haben Sie die Jacke versteckt?

Ich habe mich im Wald versteckt. Mich, und alles, was ich brauche. Was ich brauche, um ein wenig Ruhe zu haben, um alles auszusperren. Die anderen sind eingesperrt, nur wenn sie arbeiten, dann lassen sie sie raus.

Ist bei Ihnen am Hof einer der Zwangsarbeiter?

Wir haben nur noch die Hühner, und um die Apfelbäume kümmern wir uns erst wieder, wenn jemand Bäume schneiden kann. Die Äpfel werden uns ohnehin gestohlen. Früher war ich mit auf dem Feld, aber der Mutter ist das zu mühsam geworden.

Therese kommt wieder, sagte er noch einmal.

Vielleicht hatte er die Jacke, Socken, die Teekanne und noch mehr wirklich in den Wald mitgenommen und im Gebüsch versteckt, sogar unter Laub vergraben.

Er richtete sich auf und sah über die Bäume hinweg. Er sagte, draußen ist weit.

Er zog den Schal fester um seinen Hals, rutschte auf dem Sessel hin und her. Ich folgte seinem Blick, hinter den Bäumen begann bald der Wald, er war nicht so weit weg, wie es manchmal schien. Ich wusste, er würde am Abend nicht einschlafen, sondern sich fragen, wann Therese käme, um ihn zu bestrafen. Er würde wach liegen und auf Schritte auf dem Gang lauschen. Das Gemurmel der anderen Heimbewohner, die über den Gang schlurften, würde er der Mutter zuschreiben. Er hustete und nahm die Hand von der Scheibe, ließ sie in den Schoß sinken. Wo auch immer er gerade war, im Wald würde er sicher sein.

Gehen wir, sagte ich.

Er stand auf und folgte mir zur Tür. Im Speisesaal unten setzten sich schon die Ersten zum Abendessen hin. Eine Pflegerin half einer alten Dame in einen Sessel und erklärte ihr dabei laut, dass noch mehr als eine halbe Stunde Zeit sei. Sie schien uns nicht zu bemerken, sonst sah ich auf dem Weg nach draußen niemanden vom Pflegepersonal. Herr Dober blieb erst an der Stelle stehen, wo der Waldweg von der Straße abbog.

Hier muss ich allein weiter, sagte er.

Wieso?

Ich war immer allein im Wald. Wenn jemand weiß, wo ich bin, kann er mich verraten.

Ich nickte, er winkte mit halb erhobener Hand und ging los. Ich sah ihm nach, wie er in der Dämmerung zwischen den Bäumen nach oben stieg, seine Schritte raschelten im Laub. Ein Auto näherte sich mir auf der Straße, als mich die Scheinwerfer blendeten, wurde mir erst bewusst, dass es schon fast dunkel war. Ich trat ins hohe Gras, um das Auto vorbeizulassen und sah wieder nach oben, wo es nun still war.

12

Sie fanden ihn rechtzeitig, wie man mir sagte. Bei ihrer Nachtrunde hatte die Pflegerin noch bei ihm geklopft und als er nicht geantwortet und sie das Zimmer leer vorgefunden hatte, hatte sie gleich die Heimleitung verständigt. Möglicherweise war er schon länger abgängig gewesen. Die Kontrollrunde davor war an diesem Abend ausgefallen, weil zwei Heimbewohnerinnen sich gestritten hatten, gestürzt waren und sich dabei verletzt hatten.

Am nächsten Morgen riefen sie mich an und sagten mir, dass sie ihn in der Nacht zwischen zwei und drei Uhr gefunden hatten, versteckt in einer Mulde. Er war ins Krankenhaus gebracht worden, aber da er nur unterkühlt war, war er schon wieder zurück im Heim. Ich durfte ihn nicht besuchen, er sollte sich ausruhen.

Am folgenden Tag kam der nächste Anruf, er erkannte niemanden mehr. Sie wollten, dass ich vorbeikam. Es ging darum, Papiere zu unterzeichnen und vermutlich auch, Entscheidungen zu treffen. Ich legte schnell auf und sah dann lange mein Handy an, weil ich erwartete, dass sie noch einmal anrufen würden. Doch es meldete sich niemand mehr.

Ein paar Tage später wagte ich mich wieder ins Heim. Im Vorbeigehen sah ich in den Speisesaal, er wirkte trotz der großen Glasfenster auf den Parkplatz hinaus düster. Im Gang zu Herrn Dobers Zimmer hatte jemand die Bilder ausgetauscht. Neben seiner Zimmertür hing nun ein falsches Ölgemälde von einem röhrenden Hirsch.

Ich klopfte bei Herrn Dober, lauschte, aber es kam keine Antwort. Aus einem der anderen Zimmer nebenan hörte ich halblautes Gemurmel. Ich öffnete die Tür, das Zimmer war leer. Herrn Dobers Bücher auf dem Regal fehlten ebenso wie seine Teekanne und die Tassen auf dem Tisch. Ich machte dennoch ein paar Schritte in das Zimmer hinein. Das Bett war frisch bezogen, alle Oberflächen abgewischt. Ich kam zu spät.

Sie gehen nicht ans Telefon, sagte hinter mir jemand. Frau Schranz stand auf dem Gang, eine Hand am Türrahmen abgestützt.

Wo ist er, fragte ich.

Unten auf der Pflegestation, es geht ihm nicht so gut.

Ich wollte ans Fenster treten und in den Garten schauen, die Laden aufziehen und nachschauen, ob sie nicht etwas vergessen hatten. Doch Frau Schranz stand im Türrahmen und schien mich genau zu beobachten.

Er darf nicht mehr nach draußen, sagte sie.

Nie mehr?

Er ist zu schwach, er muss sich erholen.

Er ist eingesperrt, sagte ich. Ich stellte ihn mir in einem Krankenhausbett vor, die Gitter links und rechts nach oben geklappt, damit er nicht aus dem Bett fallen konnte. Oder allein aus dem Bett steigen und davongehen. Wenn er auf die Klingel drückte, die an der Aufhängung über ihm baumelte, kam die Krankenschwester. Wenn er sagte, dass er nach draußen wollte, in den Wald, schüttelte sie nur den Kopf und schloss die Tür hinter sich.

Ist er wirklich ihr Großonkel?, fragte Frau Schranz. Ich trat an ihr vorbei auf den Gang, sie streckte die Hand nach mir aus. Ich lief davon, ins Treppenhaus, erst als ich den Eingangsbereich erreichte, wurde ich langsamer und wunderte mich, dass Frau Schranz mir nicht nachgerufen hatte.

Ich versuchte, nicht an Herrn Dober zu denken. Ich kam abends von der Arbeit nach Hause, die Rückenschmerzen krochen mir nach dem Tag vor dem Bildschirm in den Nacken und von dort in den Hinterkopf. Bisher hatte der Wald immer dabei geholfen, die Schmerzen abzuschütteln, langes

Gehen auf den rutschigen Hängen nach oben bis zur Aussicht über den Fluss, langes Gehen in der hereinbrechenden Dunkelheit zurück. Nur ein paar Hunde und deren Besitzer auf den Wegen, die mich nicht beachteten, hin und wieder eine ältere Frau, die spazieren ging und ebenso wie ich wegsah, wenn wir uns begegneten. Aber jetzt konnte ich nicht mehr in den Wald, zwischen den Fichten und auf den verborgenen Wegen zu Aussichtsbänken musste ich an Herrn Dober denken, der bestimmt einmal bis zum Zaun gekommen war und gesehen hatte, was dahinter war, die Baracken vielleicht und einen Wachhund, der ihn anknurrte.

Ich blieb zu Hause und schlief mehrere Tage hintereinander mit Kopfschmerzen ein, bis ich aufgab und mich krankmeldete. Im Bett und auf dem Sofa liegend schmerzten meine Füße, weil ich mich kaum noch bewegte. Draußen regnete es, so viel bekam ich mit, es wurde wieder Herbst. Ich fragte mich, wie viele Jahre in Herrn Dobers Erinnerungen an die Spiele im Wald zusammengefallen waren zu einem einzigen Sommer und Herbst, ob er noch geahnt hatte, dass das nicht alles im selben Jahr passiert sein konnte, das Fort, die immer größere Bedrohung durch den Zaun und alle von Thereses Bestrafungen.

Wieder kam ein Anruf, Frau Schranz diesmal. Ich rufe Sie von zu Hause aus an, sagte sie. Ich wusste nicht, ob Ihnen sonst jemand Bescheid sagt, das Begräbnis ist am Samstag. Als ich nicht antwortete, sagte sie, es tut mir leid. Dann legte sie auf, sodass ich sie nicht mehr fragen konnte, was ihr leidtat.

Ich kam zu früh in die Aufbahrungshalle. Ich war noch nie auf dem Friedhof gewesen und hatte keine genaue Vorstellung davon gehabt, wie groß er war. Er war kleiner als angenommen und der Weg zur Aufbahrungshalle war so gut ausgeschildert, dass ich zwanzig Minuten zu früh dran war.

Ich zog die schwere Holztür auf, in der Halle waren mehrere Reihen von Klappsesseln aufgestellt. In der ersten Reihe saßen schon zwei Männer und eine Frau. Vor ihnen stand der Sarg, ein Blumenkranz und ein Stehpult daneben. Ich ging zur letzten Sesselreihe, meine Schritte hallten wider in der kahlen Halle. In der ersten Reihe drehte sich Frau Schranz zu mir um, sie deutete mir, nach vorne zu kommen, aber ich hob abweisend die Hand. Die beiden alten Männer neben ihr waren wahrscheinlich aus dem Seniorenheim und sie begleitete sie nur. Ich setzte mich auf einen Eckplatz in der letzten Reihe. Frau Schranz wandte sich wieder nach vorne.

In den nächsten Minuten kamen mehrere Frauen und Männer herein, einzelne nickten einander zu, aber niemand sprach. Die Reihen blieben spärlich besetzt. Langsame, schleppende Musik setzte ein, die Lautsprecher waren im schummrigen Licht an der Decke nicht auszumachen. Durch eine Seitentür trat ein älterer Mann herein und an das Pult. Er sprach davon, dass wir uns versammelt hatten und beten sollten für Herrn Dober. Ich war mir nicht sicher, ob er Priester war. Herr Dober war mir nie wie ein religiöser Mensch vorgekommen.

Seit der Nacht im Wald waren dreieinhalb Wochen vergangen. Sie hatten ihn nicht mehr nach draußen gelassen. Von seinem Bett im Pflegetrakt aus hatte er bestimmt nicht einmal mehr in den Garten hinaussehen können.

Um mich herum standen alle auf. Die Sargträger waren schon dabei, den Sarg anzuheben. Hastig stand auch ich auf. Frau Schranz sah zu mir. Ich senkte den Kopf und wartete, bis die Sargträger zur letzten Reihe geschritten waren, hinter zwei alten Männern ging ich dann dem Sarg nach. Hinter mir schnäuzte sich jemand laut. Die schleppende Musik brach ab, noch bevor wir die Halle verlassen hatten.

In dem Schaukasten vor dem Heim war ein Partezettel ausgehängt gewesen, auf dem nur ein Satz über die kurze, schwere Krankheit von Herrn Dober gestanden war. Vom Wald war er nur unterkühlt gewesen, aber das lange Liegen auf der Pflegestation hatte ihm bestimmt nicht gutgetan. Es war wahrscheinlich, dass er sich dort angesteckt hatte, eine Lungenentzündung etwa konnte in dem Alter schnell gefährlich werden.

Obwohl die Sargträger langsam gingen, konnten nicht alle Trauergäste mithalten. Ich drehte mich um, sah, dass sich einige damit abmühten, nicht zu weit zurückzufallen. In den Wald hätten es die wenigsten von ihnen geschafft. Die Steigung wäre ihnen zu viel gewesen, auf dem Laub wären viele ausgerutscht.

Ich sah auf die langen Reihen der Grabsteine vor uns, die sich gleichförmig dahinzogen. Sie standen regelmäßiger als Bäume, glichen einander sehr. Hier würde ich mich viel schneller verlaufen.

Die Sargträger setzten den Sarg über einem offenen Grab auf dicken Querbalken ab. Der ältere Mann, der zuvor gesprochen hatte, segnete den Sarg. Vor mir bekreuzigten sich die alten Leute. Frau Schranz musste noch hinter mir stehen, sie beobachtete wohl, wie ich mich verhielt. Ich überlegte, mich auch zu bekreuzigen, aber die Träger begannen schon, den Sarg mit Hilfe von schweren Seilen von den Balken ins Grab hinunterzulassen. Mit einem Knirschen kam er unten auf. Der Priester sah sich unter den Wartenden um, ein paar der Alten hoben die Köpfe und sahen sich ebenfalls um. Der Mann neben mir murmelte, keine Angehörigen.

Schließlich trat eine Frau, die dem Grab am nächsten stand, noch einen Schritt näher, sah nach unten und bekreuzigte sich. Andere bewegten sich zögerlich ebenfalls in Richtung Grab. Zwischen den Gräbern war nur ein schmaler Weg, sodass die Wartenden begannen, eine Schlange zu bilden. Der Mann neben mir deutete, dass er mir den Vortritt lassen woll-

53

te. Ich schüttelte den Kopf und trat zwischen zwei Gräber, um ihn vorbeizulassen. Ich machte noch einen Schritt nach hinten und zählte die Wartenden. Es waren nur vierzehn, ich wunderte mich, die Gruppe war mir zuvor größer vorgekommen. Frau Schranz stand am Ende der Schlange. Warten Sie, rief sie halblaut. Die beiden alten Frauen vor ihr starrten mich neugierig an. Eine von ihnen könnte Therese sein. Ich war immer davon ausgegangen, dass sie schon verstorben war, doch sicher konnte ich mir nicht sein.

Ich wandte mich ab und ging zwischen den Gräbern davon, bog mal links, dann wieder rechts ab. Ich hörte Schritte hinter mir auf dem Kies und begann zu laufen. Ich lief auf eine Mauer zu, irgendwo musste ein Tor sein oder eine Tür zur Straße nach draußen. Ich wusste nicht mehr, auf welcher Seite des Friedhofs ich war. Ich lief an der Mauer entlang. An einem Grab in der Reihe direkt am Gehweg stand eine junge Frau mit einer Gießkanne in der Hand, sie sah mich empört an. Oder sah sie die Person an, die mich verfolgte? Ich sah über die Schulter zurück, doch da war niemand. Ich blieb stehen. Entschuldigung, rief ich der jungen Frau zu, leiser noch einmal, Entschuldigung. Sie schüttelte den Kopf und wandte sich dem Grab neben sich zu, strich über einen trockenen Blumenstrauß, der auf dem Grab in einer Vase stand.

Ich bemühte mich, langsamer zu gehen, etwas weiter vorne konnte ich schon das nächste Tor in der Friedhofsmauer erkennen. Mir stieg der Geruch von Fichtennadeln in die Nase, aber ich konnte keine Bäume zwischen den Gräbern sehen, auch keine Zweige auf den Grabplatten. Auch nach Moos roch es auf einmal, erdig und ein wenig faulig. Ich wurde noch langsamer, atmete tief ein, wieder wehte es den Geruch von Moos zu mir. Aber als ich durch das Tor nach draußen trat, roch es nach nichts mehr und vor mir lag nur die Vorstadtstraße mit ihren kahlen Bäumen im Herbstlicht.

In den Wald

13

Der Nebel war eingefallen in meinem Schlafzimmer. Er bildete einen feinen, kalten Schleier über meinem Kopf. Als er aufriss, erst nur einen Spalt, und dann den Blick auf die Zimmerdecke freigab, kämpfte ich mich in die Höhe. Der Nebel lag mir um die Knöchel, ich sah den Boden nicht, musste mich vortasten auf dem Weg ins Badezimmer.

Unter der Dusche hörte ich, dass mein Handy klingelte. Das Heim oder doch Therese, die mich gefunden hatte. Ich legte mich mit nassen Haaren zurück ins Bett. Als ich wieder aufwachte, weil das Handy erneut läutete, war der Nebel so tief gesunken, dass ich den Teppich darunter nur erahnen konnte. Das Kopfkissen war feucht und roch nach Schimmel, ich schob es aus dem Bett.

Noch einmal suchte ich im Internet nach Strafgefangenenlagern, betrachtete Skizzen von Baracken, Zäunen und Bilder von schmalen Männern vor Stacheldrahtzäunen. Im Grunde kamen nur drei als Herrn Dobers Lager in Frage, aber eines davon schon an der Grenze zu Bayern. Das nächste war nur zwanzig Minuten von hier entfernt gewesen. Ich wechselte zu einer Karte mit Satellitenansicht, versuchte zu verstehen, wo das Lager gewesen war. Die Durchzugsstraße, langgezogene, schmale Felder, ich konnte nicht erkennen, dass sich etwas deutlich absetzte. Er hatte von Zwangsarbeitern und Bewachung erzählt, es musste sich um ein offizielles, großes Lager gehandelt haben. Auch wenn davon heute nichts mehr zu sehen war, war es bestimmt nicht spurlos verschwunden.

Am nächsten Morgen hatte sich der Nebel noch nicht gelichtet, er ruhte auf der Fensterbank. Die Scheiben darüber waren nur schmutzig vom Regenwasser und vom Staub der Baustelle zwei Häuser weiter.

Ich machte mir Tee und suchte mein Handy unter den verstreuten Kleidungsstücken. Sie hatten von der Arbeit aus dreimal versucht, mich zu erreichen. Sonst niemand, warum sollte sich auch das Heim bei mir melden? Um mir seine Bildbände zu übergeben? Die hatte bestimmt längst Frau Schranz an sich genommen. Noch könnte ich eine kurze Nachricht schreiben oder die Sekretärin anrufen. Ich schaffte es schließlich doch zu schreiben, dass ich krank geworden war und mich melden würde, sobald es mir besser ging.

Nachts kamen die Soldaten. Es waren nur drei, die im Gleichschritt den Waldweg entlangmarschierten, zwei lachten, der dritte machte ein finsteres Gesicht. Sie gingen so dicht an den Brombeersträuchern vorbei, unter denen ich mich ins feuchte Laub duckte, ich konnte jedes ihrer Worte verstehen. Sie wollten auf die Jagd gehen. Hasen gab es im Wald keine mehr, aber Kinder schon noch, sagte der eine, der andere lachte.

Ich schreckte aus dem Schlaf hoch. Sie hatten Herrn Dober im Wald gefunden, doch er war auch in der Mulde geblieben, die ich nun finden musste.

Am nächsten Morgen wollte ich aufstehen, mein Bett abziehen, lüften, mir eine Krankschreibung von meinem Hausarzt holen. Ich schaffte es fünfzehn Minuten vor Ordinationsschluss zu ihm. Die Ordinationshilfe wollte mich nach Hause schicken, aber ich sagte ihr, dass ich es nicht noch einmal herschaffen würde.

Der Arzt fragte mich, fühlen Sie sich erschöpft?

Er musterte mich, während ich überlegte, ob es eine Fangfrage war, um zu testen, ob ich wirklich krank war.

Ich kann kaum schlafen, ich habe Albträume, gestern auch Fieber.

Ist etwas passiert? Er suchte Augenkontakt zu mir. Eine Trennung?

Ich schüttelte den Kopf. Ein Begräbnis.

Er murmelte Beileid und sagte etwas von Hilfe suchen. Dann schrieb er mich für eine Woche krank. Ich faltete die Krankschreibung zweimal zusammen und steckte sie in die Innentasche meiner Jacke. Später suchte ich lange danach, strich sie erst wieder glatt, als ich sie meiner Chefin auf den Tisch legte. Schon bevor sie zu sprechen anfing, fragte ich mich, warum ich mir die Mühe gemacht hatte, die Krankschreibung zu holen.

Auf dem Weg in den Wald nicht am Seniorenheim vorbeizugehen bedeutete, dass ich schon mehrere hundert Meter davor daran denken musste, in eine Parallelstraße zu gehen, die mich nicht so nahe am Hang entlangführte, einen Umweg von mehreren Minuten in Kauf zu nehmen und mich dann, wenn ich von der Straße auf den Trampelpfad abbog, nicht nach dem Heim umzusehen.

Alle Blätter waren mittlerweile abgefallen, es rauschte um meine Füße. Als ich stehen blieb und mich streckte, war der Fluss deutlicher als zuvor zu sehen. Hinter mir knackte es zwischen den Bäumen, doch als ich mich umdrehte, konnte ich nur eine raschelnde Bewegung zwischen den Blätterhaufen sehen, die vor mir davonlief, in hektischen Schlangenlinien, die dann mit dem Hang verschmolz. Es konnte eine Maus ebenso gewesen sein wie eine Schlange.

Mir fiel der Fuchs ein, dem Herr Dober auf dem Nachhauseweg begegnet war. Ich glaubte ihm, dass es zweimal derselbe Fuchs gewesen war, dass er ihn wiedererkannt hatte.

Mittlerweile war ich sicher, dass Therese nicht mehr lebte.

Wenn sie noch am Leben gewesen wäre, hätte sie nach dem Begräbnis seine Sachen aus dem Heim abgeholt und von mir erfahren. Ich konnte mir nicht vorstellen, dass sich weder das Heim noch sie bei mir melden würden, nachdem sich herausgestellt hatte, dass ich nicht mit ihm verwandt war.

Ich ging nicht mehr bis zu dem Stein hinauf, bei dem er das Moos abgekratzt hatte. Es wurde schon dunkel. Auf dem Weg nach unten schob ich einen Fuß vor den anderen, ich bildete mir immer wieder ein, Schritte hinter mir zu hören.

Später suchte ich noch einmal nach dem Strafgefangenenlager, auf der Satellitenansicht war immer noch nichts zu erkennen. Was sollte ich machen, wenn ich dorthin fuhr? An Haustüren klopfen und nachfragen, wer sich noch an das Lager erinnerte? Durch den Wald stolpern und überlegen, wo sie ihr Fort gebaut hatten?

Ich las nach, dass zeitweise hundert und mehr Gefangene in dem Lager gewesen waren, die bei den Bauern im Umland zum Arbeitseinsatz waren. In diesem Fall konnte niemand sagen, dass sie von dem Lager nichts gewusst hatten.

Aber für Herrn Dober war das Lager nur ein Zaun gewesen, von dem er nicht wusste, was dahinter passierte. Vor den eigenen Soldaten und vor Therese hatte er viel mehr Angst gehabt.

Ich klappte meinen Laptop wieder zu. Ich würde nicht weiter nach dem Lager suchen. Mir tat es plötzlich leid, dass ich ihn nicht gefragt hatte, was danach geschehen war, als der Krieg aus war. Als er aus dem Wald zurückgekommen war.

Ich hatte mich mit ihm im Wald verlaufen und mir eingebildet, dass ich verstand, wie es ihm ging. Ich hatte so getan, als ob ich wüsste, wie es war, als Kind im Wald zu leben und Angst davor zu haben, nach Hause zu gehen.

Ich zog meine Bettdecke fester um mich und rollte mich

zusammen. Wie es war, eine ganze Nacht in einer Senke zu liegen, wusste ich nicht. Ich wusste, wie modriges Laub roch und wie beruhigend es war, wenn es wieder still wurde, nachdem unten ein Auto vorbeigefahren war, sodass es sein könnte, dass das nächste vielleicht nicht kam.

Ich könnte mir anmaßen, seine Geschichte für ihn zu erzählen, so zu tun, als wüsste ich, wie es war, einem Fuchs gegenüber zu stehen, eine Nacht lang in einer Speis eingesperrt zu sein, im Schwindel zu fürchten, dass ich vom Dach falle. Aber in meiner Deckenkuhle war ich sicher, dass ich damit nur mir einen Gefallen tun wollte, nicht ihm. Mein eigener Wald hatte sich eine Zeit lang mit seinem gekreuzt, aber es war nicht derselbe, dachte ich noch, bevor ich einschlief.

Nach Plan

14

Flicken und nähen könne heute niemand mehr, sagte Frau Leitner und stellte eine Tasse Kaffee vor mir auf dem Tisch ab. Die Frau vom Hilfsdienst hatte ihr ein Leintuch weggenommen und es einfach weggeworfen. Ob ich mir das vorstellen konnte? Früher hatte man das noch lernen müssen, da war nichts weggeworfen worden, man hatte auch nichts gehabt. Sie setzte sich mit einem Ächzen auf den Sessel neben mir und strich über das Plastiktischtuch, das an dem Stoff darunter klebte.

Frau Leitner erzählte zu viel. Sie wartete an der Wohnungstür auf mich, zog sie vor mir auf, machte mühselige Schritte nach hinten und begann dabei schon zu erzählen. Meist etwas, was ihr an diesem Tag passiert oder zumindest beinahe passiert war. Oft hatte es mit der Frau vom Hilfsdienst, wie sie sie nannte, zu tun, die etwas falsch gemacht hatte, einen Sessel an den falschen Platz zurückgestellt oder die Pillen in der falschen Reihenfolge in das Wochenschächtelchen eingefüllt. Ich hatte die Frau noch nie gesehen, wusste nur, dass sie so wortkarg war, dass Frau Leitner am Anfang nicht sicher gewesen war, ob sie überhaupt Deutsch sprach. Ich stellte sie mir als junge, etwas dickere Frau vor, die schwarzen Haare in einem praktischen Kurzhaarschnitt, mit kräftigen Armen, um Frau Leitner über den Badewannenrand heben zu können.

Flicken und nähen, das gehöre zu den Sachen, die sie gelernt habe und die niemanden mehr interessierten. Sie schob die Zuckerdose von der Tischmitte näher zu mir. Von einem

61

Mädchen sei erwartet worden, dass es das konnte, Nähen und Flicken, genauso wie Einkochen. Das sollte einen auf später vorbereiten, auf die Heirat, weil die Leute davon ausgingen, dass jedes Mädchen das konnte. Da wurde nicht lange gefragt, das war eine Schande, wenn man das nicht konnte. Und das, obwohl viele nie geheiratet hatten, sie selbst auch nicht. Ihre Schwester zwar schon, aber die hatte das nie richtig gekonnt, das Flicken. Der war der Stoff schon immer gerissen, wenn sie ihn nur schief angeschaut hatte. Das war vielleicht übertrieben, aber geschickt war die nie gewesen.

Schon die Dame beim Besuchsdienst hatte mir gesagt: »Frau Leitner erzählt zu viel.« Dann hatte sie sich entschuldigt, weil sie nicht schlecht über die alte Frau reden wollte, die habe ihre Sorgen, aber sie sei etwas mühsam und sehr gesprächig. Der letzte Freiwillige hatte schon nach wenigen Wochen aufgegeben und darum gebeten, dass ihm jemand anderes zugeteilt werde. Als ich zum Kennenlernen vorbeigekommen war, hatte sie mir zuerst von den Tauben erzählt, die die halbe Nacht auf ihrem Fensterbrett gesessen seien und über das Blech gekratzt hätten, sodass sie kein Auge zugemacht habe, und dann davon, dass ihre Schwester vor ein paar Wochen gestorben sei und sie nun gar niemanden mehr habe.

Ihre Schwester habe aber immer alles richtig machen wollen, so eine sei das gewesen, meinte Frau Leitner und atmete laut aus. Sie wolle mich nicht aufhalten, sagte sie dann, ich habe bestimmt Besseres zu tun. Ich schüttelte den Kopf und nahm einen Schluck von dem viel zu süßen Kaffee. Ich bildete mir ein, dass ich spüren könnte, wie die zuckrige Flüssigkeit meine Zähne umspülte, daran kleben blieb und sie mit einer dicken Schicht überzog. Ich schluckte.

Sie stand wieder auf und ging in die Küche, um Kekse zu suchen. Doch sie kam mit mehreren dicht bedruckten Blättern zurück, die sie vor mir ausbreitete. Wer sich das alles durchlesen sollte, fragte sie, das sei viel zu viel und kompliziert geschrieben. Der Arzt hätte ihr auch einfach sagen können, was sie noch wissen musste vor der Operation.

»Haben Sie schon einen Termin bekommen?«, fragte ich.

Erst seien sie nie sicher, meinte Frau Leitner, und reden lange von der Krankenkasse und Wartezeiten und dass man noch sehen müsse. Aber in sechs Wochen kam sie nun an die Reihe. Ich überflog die Blätter vor mir und verstand, dass der Termin schon länger geplant gewesen und nun fixiert war. Offenbar hatte der Arzt ihr nichts genauer erklärt, war die Anweisungen zur Vorbereitung auf die Operation nicht mit ihr durchgegangen. Oder sie hatte ihm nicht zugehört.

In sechs Wochen schon, sagte sie und faltete eines der Blätter zusammen, steckte es zurück in den Umschlag. Erst warte man ewig und werde vertröstet, sodass man gar nicht mehr glauben könne, dass man es erleben werde.

Vor dem Winter sei es schlecht, meinte sie. Da kam sie doch bestimmt nur noch schwerer wieder auf die Beine. Vor allem, wenn sie nur daran dachte, wie lange sie allein im Krankenhaus sein würde, mit lauter fremden alten Frauen in einem Zimmer.

Ich hatte gedacht, sie würde auf nichts anderes warten und wäre erleichtert, wenn die OP endlich stattfand. Sie klagte über Bauchschmerzen, wenn ich zu ihr kam, hielt sich dabei die Seite und strich über ihre Hüfte. An manchen Tagen kam sie kaum aus dem Bett, obwohl sie immer die verschriebenen Schmerzmittel nahm. Sie bat mich, die Einkäufe selbst in den Kühlschrank und in die Speis zu räumen. Am Anfang war ich nur zum Kaffeetrinken vorbeigekommen und hatte ihr Kuchen mitgebracht. Doch dann hatte sie mich gefragt, ob ich ihr nicht ausnahmsweise etwas mitbringen könnte, bis ich schließlich jedes Mal für sie einkaufte, bevor ich zu ihr kam.

Sie nahm meine Kaffeetasse und den Umschlag, trug sie zurück in die Küche. Ich hörte, wie sie das Wasser aufdrehte und vor sich hin murmelte. Ich glaube, sie sprach oft mit sich selbst, wenn sie allein zu Hause war, wiederholte die immergleichen Geschichten und erzählte sich, woran nur sie sich noch erinnern konnte. Hätte sie eine Katze oder einen Wellensittich gehabt, dann hätte sie dem Tier alles erzählen können, was ihr passierte und sich bei ihm über das Wetter beschweren. So erzählte sie nur sich selbst dieselben alten Geschichten, die sich im Wiederholen immer mehr verfestigten.

Ich ging zu ihr, sie stand an der Abwasch und spülte meine Kaffeetasse aus. »Ich werde Sie auch im Krankenhaus besuchen.«

Sie drehte sich nicht zu mir um, sagte in die Abwasch hinein, und was, wenn sie aus der Narkose nicht mehr aufwache, das passiere ja in ihrem Alter. Oder dann steckte man sich im Krankenhaus an, das war ihrer Nachbarin passiert, eine ganz harmlose Knieoperation, hatte der Chefarzt gesagt, und dann eine Erkältung, dann eine Lungenentzündung, die war nie wieder nach Hause gekommen. Und selbst wenn sie das alles überleben würde, kam dann noch die Reha. Und das gerade jetzt, wo sie sich nach dem Begräbnis ihrer Schwester gedacht hatte, was sie alles verpasst hatte. Ihre Schwester hatte nie das Gefühl gehabt, dass sie je etwas verpasst hatte, aber die hatte sich auch mit allem zufrieden gegeben. Sie dagegen, sie hatte eben leben wollen.

Ich nahm das Geschirrtuch vom Haken über der Abwasch. Sie zog es mir aus der Hand und trocknete die Tasse selbst ab.

»Sie haben das Gefühl, etwas verpasst zu haben?«

Das sei kompliziert und außerdem lange vorbei. Sie ging zur Garderobe im Vorraum, zog ihre Geldbörse aus der Handtasche und nahm einen 20-Euro-Schein heraus. Sie drückte ihn mir in die Hand, den Rest könne ich behalten.

Ich protestierte. Ich hatte doch nur Brot, Wurst, Käse, Milch und Erdbeerjoghurts gekauft. Aber sie schüttelte den Kopf, ich habe bestimmt auch nicht so viel.

»Sie haben noch weniger«, sagte ich bestimmt und hielt ihr den Schein nochmals hin. Ich fragte mich, woher sie das über mich zu wissen glaubte. Sie hatte mich noch nie nach meiner Arbeit oder meinem Privatleben gefragt.

Das glaube sie nicht, sagte sie lächelnd und musterte meine abgewetzten Sneaker, der linke war an der Schuhspitze eingerissen. Ich spürte, wie ich rot wurde. Ich bedankte mich leise murmelnd und steckte den Schein ein.

Sie seufzte. Ich könne mir ja nicht vorstellen, wie das gewesen sei, früher. Und wie die Leute über sie geredet hatten. Ob ich am Donnerstag Zeit hätte, vorbeizukommen. Sie würde mich in der Früh anrufen, um mir zu sagen, was sie brauche.

Sie verabschiedete sich rasch. Auf dem Weg nach draußen faltete ich den Zwanziger in meiner Jackentasche zwischen den Fingern klein zusammen. Ein schmutziger, abgeriebener Geldschein, der jetzt auf meine Finger abfärbte, dachte ich. Ich war mir nicht sicher, ob ich mir Frau Leitner ausgesucht hätte, wenn ich zwischen mehreren Alten auswählen hätte können. Aber ich hatte mich bei dem Besuchsdienst gemeldet und darum gebeten, einfach zugeteilt zu werden. Das Aufnahmegespräch war mühsam gewesen, sie hatten von mir wissen wollen, was ich mir erwartete. »Zuhören« schien nicht auszureichen als Antwort. Erst, als ich gesagt hatte, dass meine Großeltern schon früh verstorben waren und ich mir gewünscht hätte, sie besser gekannt zu haben, schien die Dame mit dem Fragebogen zufrieden zu sein. An der Straßenecke zog ich den Zwanziger wieder aus der Tasche und versuchte, ihn auseinanderzufalten, aber er blieb knittrig und klein.

15

Ich saß schwer an Frau Leitners Wohnzimmertisch, müde von einer langen Woche. Während sie sich über das laute Klopfen ihrer Nachbarn beschwerte, zählte ich die grauen Spinnweben über dem Türrahmen zum Flur. Müde sein war einfacher, wenn ich zumindest wusste, dass ich einen Termin bei ihr hatte und aufstehen musste, weil sie mich zum Einkaufen und zum Zuhören brauchte.

Auf dem Wohnzimmertisch stand in einer Kristallvase ein dicker Blumenstrauß mit blauen und violetten Blumen.

»Wer hat Ihnen den geschenkt?«, fragte ich.

Ihr Neffe sei am Wochenende dagewesen, aber nur kurz, nie habe er Zeit. Jetzt schon gar nicht mehr, wo er mit seiner Freundin Haus baute. Mehlspeise hatte er auch keine vorbeigebracht, obwohl sie ihn darum gebeten hatte.

Sie sei die ganze Nacht wach gelegen und habe überlegt, was sie noch machen müsse vor der Operation. Wenn sie nur noch eine Sache machen könnte, dann würde sie in die Tschechei fahren. Sie wusste wohl, dass man das nicht mehr sagen sollte, Tschechei, aber sie verwendete den Begriff genau deshalb, um zu sehen, wie ich darauf reagierte. Oder ich täuschte mich, und ihre Wortwahl war nicht so überlegt. Genau wie mir rückblickend ihre Entscheidungen weniger von sorgfältigen Überlegungen abhängig schienen, sondern von ihrer momentanen Lust und Laune. So auch die Entscheidung, dass sie aufbrechen wollte, um jemanden zu suchen, wie sie sagte. Jemanden, der bestimmt nicht mehr lebte, fügte sie hinzu und bot mir noch eine Tasse Kaffee an.

»Wen müssen Sie suchen?«

Nicht müssen, lenkte sie ein, ob ich das nicht kenne, so Gedanken, dass man sich etwas nur trauen müsste, dann wäre es ganz einfach? Sie hätte ihn gerne noch einmal gesehen.

Aber das sei viel zu weit bis in die Tschechei, sagte sie, da komme sie ja nicht mehr hin.

»Mit dem Auto sind es nur eineinhalb Stunden bis zur Grenze«, sagte ich.

Wirklich, sie sah mich ungläubig an. Sie war noch nie dort gewesen, da hatte man ja nicht hinfahren können, und selbst wenn, was würde man dort machen. Eine Freundin von ihr war mit ihrem Mann im 68er Jahr hingefahren, als die da kurz die Grenzen offen gehabt hatten. Aber das war alles grau und trostlos gewesen, die hatten ja nichts, und die Städte alle aus Beton. Da hatte es ihr gar nicht leidgetan, dass sie nicht mitgefahren war.

»Wo genau wollen Sie denn hin?«

Ach, das wisse sie gar nicht genau, wo das sei. Und selbst wenn sie ihn fand und er noch lebte, wer wusste, ob er noch mit ihr reden wollte? Oder sich überhaupt an sie erinnerte? Er war doch wie die anderen, er wollte bestimmt nichts mehr mit ihr zu tun haben.

»Wer will nichts mehr mit Ihnen zu tun haben?«

Sie musterte mich. Das würde ich nicht verstehen, sagte sie. Das waren andere Zeiten. Sie hatte schon gewusst, dass das keine gute Idee war. Ihre Schwester hatte sie ja auch gewarnt, aber die hatte immer alles besser gewusst. Aber er war so höflich und charmant gewesen, da hatte sie nicht nein sagen können.

»Aber wenn Sie ihn nicht suchen, können Sie es nicht wissen.«

Sie lächelte, wenn ich einmal so alt wäre wie sie, würde ich das verstehen. Sie tätschelte meinen Handrücken, ich zog meine Hände vom Tisch in den Schoß.

Sie sagte, sie habe sich mit ihrer Schwester jeden Tag gestritten, als sie noch zu Hause wohnten. Das war besser, als nicht miteinander zu reden, aber das hatte ihre Schwester später nicht mehr verstanden. Beim Begräbnis hatten ihre Nichte und ihr Neffe kaum mit ihr gesprochen, nur höflich genickt. Höfliches Nicken, das konnte sie nicht leiden, als wollten sie sich über sie lustig machen. Sonst waren nur ein paar Nachbarn und Bekannte beim Begräbnis gewesen, das hatte man am Ende davon.

»Was hat das mit Tschechien zu tun?«

Sie sah mich überrascht an. Mit der Tschechei habe das alles gar nichts zu tun, mit der Tschechei hänge nichts zusammen. Das hatte sie allen immer gesagt, aber es hätten ja alle besser gewusst. Ihre Schwester regte sich fürchterlich auf nach der Tschechen-Geschichte und ihre Mutter erst, obwohl die gar nicht wissen konnte, was passiert war. Dabei hatte sie sich selbst um alles gekümmert, wie sie sich immer selbst um alles kümmerte. Sie drehte sich halb zu der großen Vitrine hinter sich um und deutete auf das Porzellangeschirr in den oberen Fächern, als würde das etwas erklären.

»Ich glaube, ich verstehe Sie nicht.« Ich sah auf ihre Hände, sie steckte sie in die Taschen ihres Rocks. Sie nickte, wenigstens sei ich ehrlich. Sie hatte noch einen Brief vom Arzt mitbekommen, ob ich ihr erklären könnte, was darin stand? Sie zog sich an der Tischkante hoch, als ich aufsprang und ihr helfen wollte, machte sie eine abwehrende Geste. Ich setzte mich wieder und sah ihr dabei zu, wie sie zu ihrer Kommode hinüberging, und spürte wieder die Müdigkeit aufsteigen.

16

Powidl habe sie noch nie leiden können, sagte mir Frau Leitner, als ich ihr am darauffolgenden Donnerstag ein Stück Strudel mit Powidl aus der Bäckerei mitbrachte. Schon als sie den das erste Mal gekostet hatte, war sie enttäuscht gewesen, dass der nicht nach Zwetschgen schmeckt, obwohl alle sagten, der wäre aus Zwetschgen. Fad und zu süß und schwarz war der.

Ich zog den Teller mit dem Stück Strudel zu mir, Frau Leitner stützte sich mit den Händen auf dem Tisch ab und stemmte sich von ihrem Sessel in die Höhe. Sie ächzte und zitterte. Manchmal könne sie kaum die Füße aufsetzen, so wehtäte das. Sie setzte zögerlich einen Fuß vor den anderen, stützte sich am Tisch und an der Wand ab. Sie müsse noch ihre Tabletten nehmen und der Kaffee sei gleich fertig.

Ich hatte ihr gesagt, dass ich keinen Kaffee wollte, dass ich noch etwas zu erledigen hätte. Ich hatte meiner Nachbarin versprochen, Mineralwasser einzukaufen und es ihr bis um vier Uhr vorbeizubringen, weil dann ihr Enkel vorbeikam. Doch Frau Leitner hatte abgewinkt und mich ins Wohnzimmer geschoben und gemeint, das gehe ganz schnell. Daraufhin hatte ich das Stück Powidlstrudel ausgepackt, das ich ihr mitgenommen hatte.

Sie ging hinüber in die Küche. Ich sah mich um, die dunkle Kommode in der Ecke, darüber zwei Stickbilder mit Blumen, daneben die verschlossene Tür zum Schlafzimmer. Die hohe Vitrine mit dem Porzellangeschirr mit blauem Blütenmuster, das wohl nie benutzt wurde, obwohl es nicht teuer aussah. Ich drehte die Tasse um, die vor mir auf dem Tisch stand, ein verwaschener Herkunftsstempel, den ich nicht entziffern konnte.

Das mit dem Powidl sei so eine Sache, meinte sie, als sie mit der Kaffeekanne in der Hand zurückkam. Ein junger Mann, den sie einmal gekannt hatte, hatte ihr gesagt, Powidl sei seine Lieblingsspeise. Immer sprach der von Powidl in Strudeln und Knödeln und Saucen und war verwundert, dass sie das nicht kannte. Zu Hause hatte er das ständig bekommen, das müsse sie endlich auch einmal probieren.

Ich dachte schon, sie wollte auf Tschechien zurückkommen, dass der Powidl damit zusammenhing. Aber sie schenkte mir Kaffee ein und erzählte lange von einem jungen Mann, der sie im Sommer öfter ausgeführt hatte, zum Spazieren und Kaffeetrinken. Einmal hatte er ihr auch eine Powidltasche mitgebracht, die die Haushälterin der Familie gebacken hatte. Aber im Herbst, als das Studium wieder anfing, hatte er sich bei ihr nicht mehr gemeldet.

»Und deswegen mögen Sie keinen Powidl?«

Ich verstehe das falsch, erklärte sie mir, es sei gar nicht um den jungen Mann gegangen, sondern schon als sie in den Strudel gebissen habe, habe sie sich gedacht, dass ihr das gar nicht schmecke. Das war vielleicht ein Zeichen, dass das alles nichts sei, keine gute Idee auf jeden Fall. Ihre Schwester hatte schon vorher gemeint, dass da etwas nicht stimme, wenn er sie nicht einmal seinem Bruder vorstellen wollte. Aber ihre Schwester hatte in allem immer nur die negativen Seiten gesehen.

Ich aß den süßen, dunklen Strudel, während sie mir von einem besonders schönen Nachmittag erzählte, den sie mit dem jungen Mann verbracht hatte. Sie beschrieb die Tortenstücke, die sie bestellt hatten, die dunkelgrünen Servietten, eine Freundin von ihr, die mit einem Dackel an der Leine vorbeilief und kopfnickend und lächelnd grüßte. Ich fragte mich, wie sie sich an all diese Details noch so genau erinnern konnte, nach so langer Zeit? Oder füllte sie einfach im Sprechen die Lücken auf, um mir und sich zu versichern, dass sie sich an diesen Tag so gut erinnern konnte, weil er etwas Besonderes gewesen war?

So etwas vergesse man nicht, sie schenkte mir Kaffee nach, ihre eigene Tasse hatte sie bisher nicht angerührt. Sie hätte sich das nicht leisten können, ins Kaffeehaus zu gehen. Das war etwas Besonderes gewesen, deshalb konnte sie sich noch erinnern.

Sie schob die Kaffeetasse und die Kanne näher zueinander. Aber wie er geheißen habe, der Student, das wisse sie nicht mehr. Nur dass er aus gutem Haus war, aber das verstand sich von selbst, wenn sie eine Haushälterin hatten.

Wahrscheinlich habe er sich mit ihr geschämt, aber das habe sie damals nicht verstanden, da sei sie zu jung gewesen, sagte sie. Er rief immer bei ihnen zu Hause an, wenn er sie sehen wollte. Aber sie durfte ihn nicht anrufen, sie musste warten, bis er sich meldete. Sie führte aus, wie neidisch ihre Schwester gewesen war, als sie von dem Kaffeehausbesuch zurückgekommen war und ihr erzählt hatte, was der Student ihr alles bezahlt hatte. Bis er nicht mehr angerufen hatte, aber das merkte sie kaum, weil da kannte sie schon den Jan. Sie schenkte sich selbst auch Kaffee ein und sah in ihre Tasse. So habe er sich ihr zuerst vorgestellt, bevor er gesagt habe, dass das das Gleiche sei wie Johannes, sie könnte ihn auch Johannes nennen. Der gefiel ihrer Schwester gar nicht. Ihr gefiel erst auch nicht, dass sie Jan getroffen hatte, als sie auf den Bus wartete. Da hatte sie noch am Land gewohnt, fügte sie hinzu.

Sie rührte mehrere Löffel Zucker in ihre Tasse und ließ sie dann stehen. Erst danach war sie in die Stadt gezogen, vorher hatte sie sich nicht getraut. Sie machte eine Pause.

Ich dachte, dass ich etwas überhört hätte: »Wonach sind Sie in die Stadt gezogen?«

Vor dem Jan habe sie sich nicht ausgekannt mit diesen Dingen. Sie zählte Tage und Wochen und als ihr klar wurde, dass es schon zu lange war, sprach sie ihre Schwester darauf an. Die schimpfte erst mit ihr und fing dann zu weinen an.

Sie sah mir direkt ins Gesicht, musterte mich mit ihren grauen Augen. Ich könne mir das nicht vorstellen.

»Doch, ich kann mir vorstellen, dass das nicht einfach für Sie war.« Ich wich ihrem Blick aus.

Nein, das könne ich nicht, sagte sie mit fester Stimme.

All das Blut erst. Das war das Schlimmste gewesen, das Blut. Nicht die Vorwürfe der Schwester oder dass sie alle spüren ließen, dass sie als junge Frau nicht einfach tun und lassen konnte, was sie wollte.

Erst wollte ich nachfragen, was sie meinte, mit Blut und Vorwürfen. Sie sah mich abwartend an. Doch sie konnte nur meinen, dass sie von ihm schwanger geworden war. Hatte sie das Kind bekommen oder hatte sie es verloren? Sie murmelte noch einmal etwas von Blut. »Es tut mir leid«, sagte ich.

Erst jetzt sah sie weg, umklammerte mit beiden Händen ihre Tasse. Wo sie gewesen sei in ihrer Geschichte, fragte sie.

An der Bushaltestelle, antwortete sie sich selbst. Sie räusperte sich. Jan habe sie nach der Uhrzeit gefragt, als sie an der Bushaltestelle gestanden sei, aber sie habe auch keine Uhr gehabt. Der suchte nach einer Ausrede, um sie anzusprechen, dachte sie sich. In seinem abgewetzten Sakko und seiner dünnen Jacke hatte er zu mager ausgesehen, auch die Haare hatte er sich lange nicht schneiden lassen, die hingen ihm weit in den Nacken. Kein Vergleich mit dem Studenten. Aber sie antwortete ihm, sie wisse nicht, wie spät es sei. Darauf sagte er, dass das nicht so wichtig sei. Da habe sie lachen müssen, und er lachte mit.

»Haben Sie mit jemandem darüber gesprochen?«

Sie sah mich verwirrt an, über Jan?

»Über alles.«

Es habe niemanden interessiert, also damals schon, aber jetzt schon lange nicht mehr. Sie schob ihre Tasse auf der Untertasse hin und her, Keramik schabte unangenehm laut an Keramik. Es sei ihr wieder eingefallen, jetzt, so alleine, vor der Operation. Aber sie wollte mich nicht damit belästigen. Ich beugte mich nach vorne: »Erzählen Sie weiter.«

Sie lächelte, heute nicht mehr, aber gerne ein anderes Mal wieder. Ich nahm mir vor, sie wieder danach zu fragen, damit sie nicht selbst davon anfangen musste. Sie erzählte zwar viel, aber ich fragte mich, ob ihr irgendjemand wirklich zugehört hatte in den letzten Jahren.

Als ich meinen Strudel aufgegessen hatte, brachte sie mich zur Tür. Ich beeilte mich, um noch rechtzeitig zu meiner Nachbarin zu kommen. Frau Vessely wartete schon an der Wohnungstür auf mich. Ich stellte die Mineralwasserflaschen ab und sie bedankte sich und meinte, dass ich manchmal für Tage die Einzige sei, die sie sehe. Sie blieb im Türrahmen stehen und erklärte mir: »Wenn mich jemand entführen würde, dann würde es meine Tochter vielleicht gar nicht merken. Ich muss sie alle zwei Wochen anrufen, nie ruft sie von sich aus an und fragt mich, wie es mir geht. Schon beim Abheben klingt sie gehetzt, ich muss sie immer fragen, ob ich sie nicht störe.«

An diesem Tag sagte ich nichts dazu, ich nickte nur freundlich, stellte die Flaschen wie immer gleich in ihrem Flur ab und ging wieder. Ich hatte das Gefühl, dass sie mir durch den Türspion zusah, bis ich meine Tür wieder hinter mir geschlossen hatte.

17

Bei Nacht und Nebel sei der geflohen, der Jan, und das nicht nur einmal. Frau Leitner saß am Esstisch, ihre Unterarme klebten an der Plastikdecke auf dem Tisch, es ratschte unangenehm, wenn sie die Arme bewegte, wenn er Schulden gehabt habe oder wenn es um Frauen gegangen sei.

Das wisse man eben, mit der Zeit komme die Erfahrung. Solche Männer waren eben so. Der machte das eben auch öfter, über die Grenze und zurück, das war am Anfang noch nicht so schwer, wenn man wusste, wo man durch den Wald oder durch einen Bach gehen konnte. Sie erzählte amüsiert nach, was Jan ihr an diesem ersten Nachmittag gesagt hatte. Sie habe nicht mehr auf den Bus gewartet, sondern sei ein Stück mit ihm zusammen gegangen. Nach der Schule hatte er keine Arbeit gefunden. Für den Krieg war er noch zu jung gewesen, und danach hatte er die Schule fertig gemacht, ohne zu wissen, was dann kommen sollte. Er hatte angefangen herumzuwandern, über die Felder und Wiesen zu streunen, bis er im Süden herausgekommen war, wo auf einmal alle Deutsch sprachen.

Ich hob meine Kaffeetasse an, hielt meine Arme von der Plastikdecke weg, um sie nicht zu berühren. Die Decke konnte schon wochenlang oder gar monatelang hier liegen, nur hin und wieder mit einem feuchten Fetzen abgewischt. Neben Frau Leitners Tasse zogen sich verschmierte Schlieren bis zur Tischkante.

Natürlich habe sie ihm das schon am Anfang nicht geglaubt, dass er zufällig über die Grenze geraten sei. Er machte das mit Ziel und Absicht, brachte Nylonstrümpfe und Zigaretten mit zurück, was er sonst noch so von Süden nach Norden oder in die andere Richtung brachte, wollte er ihr nicht erzählen.

Ich hielt für erfunden, was sie vom nächtlichen Schleichen und Ausharren in Hecken und dem Horchen nach den Schritten von Förstern und Polizisten erzählte, von Jans bestem Freund, dem ein Schäferhund die Wade zerbissen hatte. Sie schmückte mir die nächtlichen Wanderungen aus, wie Jan sie ihr anscheinend ausgeschmückt hatte.

Sie habe sich von ihm nicht bis nach Hause begleiten lassen. Schon ein paar Straßen davor war sie stehen geblieben und hatte festgestellt, dass sie ab hier allein weitergehen würde. Sie wollte nicht, dass die Nachbarn ihn sahen. Er lächelte dennoch und strich sich die langen Haare aus der Stirn zurück, fragte sie, ob er sie wieder an der Bushaltestelle treffen könnte, am Samstag vielleicht?

»Und Sie haben ihm seine Geschichten geglaubt und ihn auch wieder getroffen?«

Sie habe ihn wieder getroffen, aber ihm nicht alles geglaubt. Sie stand auf und ging zur Kommode hinüber, zog die oberste Schublade auf und durchwühlte die Papiere darin. Die Frau vom Hilfswerk habe ihr schon wieder Unterlagen verräumt, die glaube immer, dass sie alles besser wisse.

Am Samstag hatte sie erst noch gezögert, ob sie wieder zur Bushaltestelle gehen wollte. Aber die Alternative wäre gewesen, mit der Schwester den ganzen Nachmittag zu Hause zu sitzen und Marmelade einzukochen, Ribiseln oder Himbeeren, sie wusste es nicht mehr genau. Jan saß auf der Bank neben der Bushaltestelle, ein schmales Büchlein in der Hand, und las konzentriert, sodass er sie erst bemerkte, als sie vor ihm stand. Er steckte das Büchlein in die Jackentasche und erhob sich langsam, begrüßte sie nur mit einem Nicken und einem Lächeln. Die Haare trug er noch so lang wie bei ihrem ersten Treffen, aber neue Schuhe hatte er immerhin an.

Von da an waren sie oft zusammen spazieren, am Ende jedes Treffens hatten sie sich den Zeitpunkt und den Ort für das nächste ausgemacht. Sie gingen nicht in den Ort hinein, sondern lieber am Bach entlang, der zu der Zeit noch nicht reguliert war und deshalb jedes Frühjahr über die Ufer trat und die Keller der umliegenden Häuser überschwemmte.

»Was suchen Sie denn?«, fragte ich. Sie drückte die Schublade wieder zu und griff zu einem Stapel, der oben auf der Kommode lag. Mit einer zusammengefalteten Landkarte in der Hand kam sie zurück und breitete sie über den ganzen Tisch aus. Ich musste meine Tasse und meine Untertasse anheben. Sie zog ihre Tasse an sich und stellte sie auf die Karte, in die Ecke der Slowakei.

Sie habe die Karte letztens gekauft, als sie an der Buchhandlung vorbeigekommen sei. Als sie meinen verwunderten

Blick bemerkte, fügte sie hinzu, dass es ihr manchmal doch besser gehe, dann würde sie es auch kaum spüren, wenn sie den Fuß drehte. Sie hatte noch gar keine Zeit gehabt, hineinzuschauen, aber vielleicht konnte ich ihr ja helfen?

Ich sah auf das nordöstliche Eck von Österreich direkt vor mir. »Eigentlich liegt Tschechien gar nicht im Osten, sondern im Nordwesten.«

Sie sah mich verständnislos an, ich stellte meine Tasse auf Gmünd ab und fuhr die Grenze mit dem Zeigefinger ab. Ihre Augen folgten meinem Finger, sie beugte sich weit nach vorne, über die Slowakei.

Sie verstand noch immer nicht.

»Ein großer Teil des Landes liegt nordwestlich von Österreich.«

Sie meinte, dass ich die Tschechoslowakei nicht vergessen dürfe, die habe es viel länger gegeben. Und überhaupt, von Deutschland, Frankreich und so weiter aus gesehen war das eben der Osten.

»Und woher kam Jan?«

Sie strich mit dem Zeigefinger über das nördliche Waldviertel, streifte Brno, hielt inne und sagte, dass Jan erzählt habe, in Mähren sei der Weißwein besser als bei uns. Ihr Finger zitterte, als sie die Thaya entlangfuhr. Die Ortsnamen seien zu klein gedruckt, als dass sie sie lesen könne. Jan bemühte sich, die deutschen Namen für die Orte zu verwenden, als er mit ihr sprach. Er sagte immer Brünn und Lundenburg. Sie beugte sich über die Karte und las zögerlich, statt Brno und Břeclav.

»Sie sind zusammen spazieren gegangen und er hat Ihnen gleich erzählt, dass er als Schmuggler arbeitete?«

Nein, außerdem hätte er das nie so genannt, wenn, dann habe er von Grenzhandel gesprochen. Am Anfang sagte er vage, dass er in der Nähe zu tun hatte, deshalb war er im

Ort. Erzählen konnte er, deshalb ging sie mit ihm mit. Die anderen bekamen oft kaum den Mund auf, hatten nichts zu erzählen. Das war ihr auch später nicht mehr passiert, dass ein Mann sie so gut unterhielt wie Jan.

Sie lehnte sich zurück und erzählte von einem Nachmittag, als sie beinahe darauf vergessen hatte, nach Hause zu gehen. Es war ein schwüler Sommertag, außer ihnen war am Fluss niemand unterwegs, die Sonne hatte das Ufergras schon verbrannt, die Enten versteckten sich unter einer Brücke. An einer Bank im Schatten setzten sie sich und Jan erzählte von seinen Plänen, in Brünn ein Geschäft zu eröffnen, einen Laden, wo es Zubehör für alles Mögliche geben sollte, fürs Schneidern, fürs Tischlern, für Haushaltsreparaturen. In der Stadt hatten immer weniger Menschen das selbst zu Hause, aber das hieß nicht, dass sie es nicht brauchten.

Ich sah auf die Karte und folgte mit den Augen der Autobahn nach Prag. Die hatte es in den Fünfzigerjahren noch nicht gegeben, als Jan dort unterwegs gewesen sein musste. In Österreich führte auf Frau Leitners Karte nur eine Bundesstraße bis zur Grenze.

»Sie wollten mit ihm nach Tschechien gehen?«

Frau Leitner lachte auf. Ich sei wohl eine genauso hoffnungslose Romantikerin wie er. Schon beim zweiten Treffen hatte er ihr vorgeschlagen, sie solle doch mit ihm kommen. Mit großen Augen sah er sie an und griff nach ihrer Hand. Wofür hätte sie denn weggehen sollen? Für einen Traum von einem Geschäft in einem Land, in dem sie kein Wort verstand? Das sagte sie ihm natürlich so nicht, weil sie ihn nicht kränken wollte. Doch eine Zeit lang überlegte sie, ob es sinnvoll war, ihn weiterhin zu treffen. Auf diese Idee musste nicht einmal ihre Schwester sie bringen, die sonst immer vorgab, die Vernünftigere von beiden zu sein. Darauf war sie schon selbst gekommen.

Bei einem Maifest, wo sie mit ihrer Schwester war, lernte sie auch einen Schuster kennen, der ihr gefiel. Aber zu erzählen hatte der nichts. Eines Tages wartete Jan vor ihrem Haustor auf sie, als sie nach Hause kam. Er stellte sie zur Rede, ob sie ihn nicht mehr treffen wolle.

Sie zupfte an einer Ecke der Karte, schlug sie zum Eselsohr um. Wahrscheinlich sei er ihr früher schon einmal gefolgt, aber sie habe es nicht mitbekommen. Sie zerrte ihn am Arm vom Haustor weg, ließ ihn schnell wieder los und sah sich bei den umliegenden Fenstern um, ob sie jemand beobachtete. Sie befahl ihm, ihr zu folgen, und ging mit schnellen Schritten davon, hinter sich konnte sie hören, dass er ihr folgte. Erst am Fluss wurde sie langsamer, er holte auf und bat sie, endlich mit ihm zu sprechen. Er zeigte ihr eine Kette, die er ihr mitgebracht hatte.

Sie strich die Ecke der Karte wieder glatt. Er wollte sich verloben.

Ich wunderte mich über den Schuster, der so schnell verschwunden, wie er aufgetaucht war. »Ihre Schwester hat davon nichts mitbekommen?«

Die Schwester habe geahnt, dass da etwas war, aber wissen konnte sie nichts. Sie kam der Sache schon gefährlich nahe, als sie ihr einmal zum Fluss folgte, doch Jan bemerkte die Schwester und blieb am Ufer stehen und schaute ins Wasser, als sie und die Schwester an ihm vorbeigingen.

Ich streckte mich, sah auf die Uhr. Bis zum Abend sollte ich noch einen Text fertig bekommen, mit dem ich noch nicht einmal begonnen hatte.

»Wie ist die Geschichte denn ausgegangen?«

Verschwunden sei er, ganz einfach. Von einem Tag auf den anderen nicht mehr wiedergekommen. Sie war dann allein gewesen, das in ihrem Zustand. Ihre Schwester hatte ihr erst noch geholfen, aber sie dann immer mehr bedrängt, ihr doch zu verraten, wer der Vater sei. Was hätte sie schon sagen sollen? Mit den Eltern war es auch unerträglich, der Vater sagte nichts, aber die Mutter sah sie immer mit Tränen in den Augen an, schimpfte wegen Kleinigkeiten. Es war ihre eigene Idee, zu ihrer Tante in den Nachbarort zu ziehen. Die hatte ein Zimmer frei, dort war sie geblieben, bis es vorbei war.

Sie sah mich abwartend an.

»Danach sind Sie in die Stadt gezogen?«

Sie habe einfach von vorne beginnen wollen, selbst entscheiden, was nun passieren sollte. Nicht mehr weiter von der Mutter und der Schwester belauert werden. Nur die Tante hielt zu ihr. Die wäre bestimmt auch gerne weggegangen in ihrem Alter.

Frau Leitner stand auf und holte aus der Glasschale auf der Kommode eine dünne Goldkette mit einem Anhänger in Rosenform. Sie legte die Kette auf den Tisch. Sie sah abgenutzt aus, der Anhänger war hinten zerkratzt.

Sie zog die Kette kreisförmig auseinander, sodass sie einen Ring um Mähren bildete. Wie oft sie sich gefragt habe, was mit ihm passiert sei, könne sie gar nicht sagen.

»Vielleicht fällt Ihnen wieder ein, aus welchem Ort er war.«

Wenn das überhaupt stimmte, wandte sie ein. Sie hob die Kette wieder auf und ließ sie in die Schüssel fallen. Er habe oft von der Werkstatt seines Vaters erzählt, vom Geruch von abgeschmirgeltem Holz und von abgebrochenen Latten, mit denen er sich als Kind duelliert habe.

Sie rieb sich die linke Hüfte. Jetzt werde es wieder schlimmer, wo sie doch in den letzten Tagen gedacht habe, dass es vielleicht ganz aufhöre.

»Haben Sie das Ihrem Arzt gesagt?« Ich stand auf und ging zu ihr, um sie zu stützen. Sie hielt sich an meinem Arm fest, schob den linken Fuß vorsichtig nach vorne, zog den rechten nach. Sie nehme schon die dreifache Menge von dem, was sie am Anfang genommen hatte. Zuerst war sie noch vorsichtig gewesen. Aber seit der Arzt ihr gesagt hatte, wenn es ganz schlimm sei, könne sie auch etwas mehr nehmen, nahm sie so viel, bis es aufhörte. Die Frau von der Caritas hatte mit ihr geschimpft, als sie gesehen hatte, dass das Wochenschächtelchen mit den Pillen für jeden Tag schon leer war. Doch die war keine Ärztin, und sie konnte sich die Tabletten aus dem Badezimmer holen, schließlich hatte sie sie auch selbst in den Schrank gestellt.

Sie bestand darauf, mich zur Tür zu begleiten, obwohl sie alle paar Schritte stehen bleiben musste und laut ein- und ausatmete. Sie stützte sich am Türstock ab und sah mir nach, bis ich zur Haustür draußen war.

Auf dem Nachhauseweg brachte ich Frau Vessely wieder Mineralwasser mit, sie hatte mich am Morgen vor meiner Tür getroffen und darum gebeten. Sie fragte mich, ob ich schon einmal in Skandinavien gewesen sei. »Ich war noch nie im Norden«, sagte sie, »mein Mann wollte immer in den Süden und Busreisen sind nichts für mich.« Sie drückte mir einige Münzen für die Wasserflaschen in die Hand.

»Was haben der Norden und Busreisen miteinander zu tun?«

»Senioren machen immer Busreisen«, sagte sie. Ich sah auf die hohen Bücherregale hinter ihr, die ihren Flur von beiden Seiten einschlossen und ihn noch schmäler machten. Die Buchrücken standen in exakten Reihen, als wären sie Attrappen.

»Ich fahre auch nicht gerne mit dem Bus«, sagte ich, weil mir nichts Besseres einfiel.

18

Frau Leitner kam mir schon an der Straßenecke entgegen, in Hausschlapfen und mit einem Geschirrtuch über der Schulter. Die Nachbarn, das sei unmöglich, die könnten doch nicht einfach. Ich zog die schweren Einkaufstaschen von der Schulter und stellte sie zwischen uns ab.

Das ganze Stiegenhaus sei verstellt gewesen, bloß weil über ihr eine Familie einziehe. Sie nahm das Tuch von ihrer Schulter und knetete es in den Fingern. Schon um acht Uhr früh habe es begonnen, die Haustür sei ständig auf und zu gegangen. Da hatte sie es schon gehört, mehrere Türken, die durch das Stiegenhaus schrien. Über ihr wurden schwere Möbel verrückt, Sofas und Betten. Nicht getragen, wie es sich gehörte, sondern laut von Raum zu Raum geschoben, da konnte nur der Boden zerkratzt werden. Ihr hatte niemand Bescheid gesagt.

Ich ging neben ihr her zurück zum Haus, sie plagte sich damit, die Schlapfen nicht zu verlieren, alle paar Schritte schlüpfte sie aus einem halb heraus und fing ihn mit gekrümmten Zehen wieder ein. Das machte sie noch langsamer als sonst.

Sie erzählte, dass erst vor ein paar Wochen die vorige Familie ausgezogen sei, ihr Sperrmüll sei zwischen Eingangstür und Hoftür stehen geblieben. Alte, billige Latten hatten sie an die Wand gelehnt, ein abgeschlagenes Nachtkästchen dazwischen gestellt. Man hätte den Vermieter oder noch besser die Hausverwaltung anrufen sollen. Nach drei Tagen hatte doch noch jemand den Krempel abgeholt.

Vor dem Haus waren Halteverbotsschilder aufgestellt, doch der Platz zwischen ihnen war frei. An der Hausmauer standen noch mehrere große Blumenstöcke und eine Stehlampe.

Wie viel Krempel Leute heutzutage hätten. Sie wischte im Vorbeigehen mit dem Geschirrtuch über den Lampenschirm. Im Gang kam uns eine junge Frau mit Kopftuch entgegen, sie grüßte. Frau Leitner antwortete nicht, ich nickte. Da kam ein Kind die Treppe heruntergelaufen, es rief der Frau hinterher. Es hatte kinnlange Haare, trug Jeans und T-Shirt, und hätte ein Mädchen ebenso gut wie ein Bub sein können. Es lächelte uns im Vorbeilaufen an. Ich drehte mich zu Mutter und Kind um, die Mutter fixierte die offene Haustür mit einem Holzkeil. Frau Leitner suchte in ihren Kitteltaschen nach dem Schlüssel, ließ das Geschirrtuch fallen, bückte sich, richtete sich aber gleich jammernd wieder auf. Ich hob es schnell auf.

Die Wohnungstür war hinter ihr ins Schloss gefallen und sie hatte den Schlüssel innen stecken lassen, dachte ich. Selbst wenn der Schlüsseldienst schnell käme, müssten wir hier im Stiegenhaus warten, während die junge Frau ihre Blumenstöcke an uns vorbeitrug. Wo waren die türkischen Männer hin, von denen Frau Leitner gesprochen hatte?

Endlich fand sie ihren Schlüssel. Das Kind kam zurückgelaufen, nahm zwei Stufen auf einmal, am Absatz blieb es stehen und sah staunend in Frau Leitners Wohnung hinein. Sie murmelte mir zu, dass ich mich beeilen solle, und sah das Kind böse an.

Ich trug die Einkaufstasche in die Küche, verräumte die Einkäufe. Ich wusste schon, wo alles hingehörte. Frau Leitner drückte sich an mir vorbei zum Fenster, hob den Store an und sah nach draußen. Mit einem unwilligen Laut ließ sie den Vorhang wieder fallen.

Die Kinder seien das Schlimmste, die würden im Sommer durch das Stiegenhaus schreien, die Haustür offen stehen lassen, mit ihren Rollern den Hof verstellen.

»Wohnen hier im Haus so viele Kinder?«

Nein, aber sie kenne das schon, die brächten ihren Kindern keine Manieren bei. Sie ging an mir vorbei, stützte sich immer wieder auf der Anrichte ab und seufzte jedes Mal, wenn sie den linken Fuß aufsetzte.

»Wer, die?«

Sie wandte sich zu mir um und sah mich überrascht an. Ich wisse schon, was sie meine. Natürlich waren die nicht alle so, das wollte sie gar nicht sagen, aber die meisten eben schon.

Ich faltete die Einkaufstasche zusammen und legte die Rechnung auf die Anrichte. »Brauchen Sie sonst noch was?«

Sie griff nach der Rechnung, hielt sie sich knapp vor die Augen. Ob ich es eilig habe, sie hole nur schnell das Geld. Sie hatte auch noch Hollersaft, falls ich ein Glas wollte.

Sie ging ins Wohnzimmer, ich hörte ihre unregelmäßigen Schritte. Aus der Wohnung über uns war ein langgezogenes Quietschen zu hören, dann begann jemand zu hämmern.

Was ich mir anderes erwartet hätte, fragte ich mich. Natürlich störten Kinder sie und die fremde Sprache im Stiegenhaus, die sie nicht verstand. Sie wohnte alleine und hatte sich daran gewöhnt, dass es leise im Haus war. Sie wollte nicht darauf hingewiesen werden, dass sich etwas veränderte.

Sie kam zurück, gab mir einen Fünf-Euro-Schein und viele Münzen in die Hand.

»Ich möchte gern noch einen Hollersaft.«

Sie deutete auf den Hängeschrank neben mir, der Hollersaft stehe bei den Gläsern. Sie bat mich, mir selbst zu nehmen, mit Leitungswasser aufzuspritzen. Sie konnte die Arme nur schwer heben, durch den Wetterumschwung letzte Nacht schmerzten sie wieder einmal, ein dumpfes Ziehen links und rechts.

Sie setzte sich auf den Hocker am Fenster und sah wieder hinaus. Das Kind sang auf Türkisch vor sich hin, wahrscheinlich sprang es um die Mutter herum, die sich mit den Blumentöpfen abmühte. Ich wollte nicht zum Fenster treten, sie beobachten und womöglich noch von ihnen bemerkt werden.

Sie habe das nicht so gemeint, sagte Frau Leitner, sie habe einfach mit Kindern noch nie etwas anfangen können.

»Wollten Sie nie Kinder haben?« Im gleichen Moment noch tat mir die Frage leid. Ich wollte sie nicht schon wieder darauf ansprechen, dass sie das Kind verloren hatte. Auch weil ich mir nicht sicher war, worüber sie sprechen wollte oder konnte.

Sie rückte näher ans Fenster, hob den Vorhang diesmal nicht an. Der Hollersaft war in einer unmarkierten Flasche, als hätte sie ihn selbst gemacht. Wahrscheinlich hatte sie ihn auf dem Markt gekauft.

Was das für eine Frage sei, sagte sie jetzt leiser als zuvor, das habe sie sich schließlich nicht aussuchen können. Uneheliche Kinder, freilich behaupteten heute alle, dass das auch zu der Zeit zu schaffen war, aber wie die Leute sich das vorstellten.

Ich entschuldigte mich, aber sie sprach weiter. Ihre Schwester habe sie auch immer wieder angerufen, nachdem sie weggezogen sei, um ihr Vorwürfe zu machen und ihr ins Gewissen zu reden.

»Weswegen?«

Sie schien einen Moment lang den Faden zu verlieren, sah mich ratlos an. Ach, sie meine nur, wegen der Kinder, weil ihre Schwester immer überzeugt gewesen sei, dass jede Frau Kinder wolle. Sinnlose Streitereien, immer die gleichen Argumente. Nur ihre Tante hielt zu ihr. Der schickte sie Geld aus der Stadt, weil sie sich als Einzige nicht gegen sie gestellt hatte.

Sie sah müde aus, saß gekrümmt auf dem Hocker und rieb sich über den Oberschenkel. Ich wollte sie auf andere Gedanken bringen: »Haben Sie noch einmal auf die Karte gesehen?«

Die Karte liege noch immer auf dem Tisch, jedes Mal,

wenn sie vorbeigehe, hoffe sie, dass ihr doch noch etwas einfiele. Gestern hatte sie sich lange die Ortsnamen rund um Prag angesehen, weil sie sicher war, dass es etwas mit »K« war.

»Wahrscheinlich fällt es Ihnen plötzlich wieder ein, wenn Sie gerade nicht darüber nachdenken.«

Sie nickte. In der Wohnung über uns begann jemand zu bohren. Vor dem Haus klirrte es, die Frau hatte einen Blumentopf fallen gelassen.

Ob ich nicht losmüsse, fragte Frau Leitner. Sie wollte sich hinlegen, auch wenn sie bei dem Lärm vermutlich nicht schlafen konnte. Ich trank den Hollersaft in einem Zug aus. »Soll ich Ihnen vielleicht das nächste Mal Mineralwasser mitbringen? Sie sollten darauf achten, dass Sie genug trinken.«

Sie machte eine abweisende Handbewegung. Den Müll könnte ich noch mit nach unten nehmen, damit sei ihr mehr geholfen.

Ich öffnete die Tür unter der Abwasch, Plastiksackerl fielen mir entgegen. Frau Leitner sah mir dabei zu, wie ich sie wieder zusammenfaltete und zurückstopfte, dahinter waren noch mehr Papiersackerl aufgestapelt.

»Brauchen Sie die wirklich alle?«

Sie habe nun mal alle aufgehoben, man wisse ja nie. Warum ich heute so viele Fragen stellte?

Ich zog den vollen Müllsack heraus. Es klirrte, als ich ihn auf dem Boden abstellte, ich verknotete ihn.

Mit einem Ächzen erhob sie sich, tätschelte mir den Arm. Ich solle mir nicht zu viele Gedanken machen, sie wisse ja, dass das nett gemeint sei. Die Nachbarn störten sie einfach. Der Müllsack war viel schwerer als die Einkaufstasche zuvor, ich stieß damit gegen den Türrahmen.

Sie blieb in der Küche sitzen und rief mir noch nach, dass das Mineralwasser keine schlechte Idee sei. Ich antwortete ihr nicht mehr, ließ die Wohnungstür hinter mir zufallen.

Als ich den Müllsack in den Container wuchtete, klirrte es wieder. Ich sah mehrere Bierflaschen zwischen zerknülltem Papier. Hatte sie die alle getrunken, seit ich in der Woche zuvor ihren Müll hinuntergebracht hatte?

Draußen vor der Haustür lag ein Häufchen Erde zwischen Scherben. Vielleicht hatte Frau Leitner recht und über ihr war eine laute, türkische Familie eingezogen. Ich wollte nur, dass ich es besser wusste. Ich wollte, dass es schon reichen würde, freundlicher zu sein und nicht das Schlimmste anzunehmen. Aber ich hatte keine kaputte Hüfte und saß nicht allein in meiner Wohnung voller angestaubter Sackerl und verwaister Teller. Mit der Schuhspitze schob ich das Erdhäufchen noch etwas weiter zusammen. Da öffnete sich die Haustür, das Kind kam heraus, kniete sich hin und sammelte rasch die Scherben zusammen.

19

»Sie sehen zu blass aus«, sagte Frau Vessely zu mir.

Ich stellte die Mineralwasserflaschen und die Milchpackung hinter ihrer Tür ab: »Vielleicht werde ich krank.«

»Ich meinte eigentlich, Sie sehen meistens zu blass aus. Aber in letzter Zeit besonders.«

Ich murmelte etwas von anstrengender Zeit und viel zu tun, Frau Vessely schüttelte den Kopf. Sie war nur wenig größer als ich, aber ich hatte meistens das Gefühl, dass sie mich deutlich von oben herab ansah.

»Sie müssen nichts für mich mitnehmen, wenn Ihnen das zu anstrengend ist. Ich kann auch meine Tochter wieder anrufen.«

»Das ist kein Problem, das ist es nicht.«

»Ruhen Sie sich doch einmal aus«, sagte sie und machte einen Schritt zurück, um ihre Wohnungstür zu schließen.

»Würden Sie eigentlich sagen«, begann ich langsam, »dass Sie sich an alles erinnern können?«

Sie behielt die Hand auf der Türklinke: »An was alles? Was meinen Sie?«

»Es gibt da diese alte Frau, die mir sehr viel erzählt, vor allem aus ihrer Jugend, und sich dabei an sehr viele Details zu erinnern scheint.«

»Damit kenne ich mich nicht aus.« Sie schob die Tür ein Stück weit zu. »Ich glaube, man kann sich nur an wenig erinnern und das Übrige ergänzt man sich, wie es einem logisch scheint. Auch wenn die meisten Menschen das abstreiten würden.«

Ich überlegte, ob es indiskret wäre, ihr mehr von Frau Leitner zu erzählen. Wo sollte ich anfangen, ohne zu viel zu verraten? Würde sie das überhaupt interessieren?

Sie nickte mir zu, und bevor sie die Tür schloss, wiederholte sie, dass ich mich ausruhen sollte.

Später schrubbte ich mit Kopfschmerzen meine Dusche und konnte nicht aufhören, darüber nachzudenken, wie Frau Leitner abfällig über ihre Bekannte gesprochen hatte, die nur wegen des Geldes geheiratet hatte. Sie war darauf gekommen, weil sie in der Zeitung eine Todesanzeige von deren Schwester gesehen hatte. Dass die nur einen um zehn Jahre älteren Mann geheiratet habe, weil er aus einer Adelsfamilie kam. Auch wenn es keinen Adel mehr gab, Adelsfamilien gab es immer noch. Sie hatte den Rechtsanwalt nicht interessant gefunden, gut ausgesehen hatte er mit seiner Halbglatze auch nicht, aber die Bekannte hatte trotzdem über seine Witze gelacht. Sie hatte das nie verstanden, nicht alles konnte man um Geld kaufen.

Ich rieb mit dem Schwamm über eine graue Fuge an der Wand. Sie wurde nicht wieder weiß.

Seit Tagen schon verfolgten mich ihre Sätze. Wenn ich an der Kassa bezahlte oder mir Kaffee einschenkte, fiel mir eine ihrer Bemerkungen ein. Bei meinem letzten Besuch war mir aufgefallen, dass sie knapp an mir vorbei sah, wenn sie ihre Feststellungen machte, als würde sie mit jemandem sprechen, der hinter mir saß.

Ich ließ den Schwamm fallen, wischte mir die Hand an der Hose ab. Sie hatte mir nichts getan, sie machte mir jedes Mal Kaffee. Sie freute sich, wenn ich vorbeikam, und sagte, dass ich ihr eine große Hilfe sei.

Ich suchte die Nummer des Besuchsdienstes heraus. Lange ließ ich es läuten, aber es sprang kein Tonband an. Ich legte auf und ging zurück ins Bad.

Was hatte ich mir erwartet, als ich mich für den Besuchsdienst beworben hatte? Sie war allein. Sie hatte niemanden mehr. Wenn ich nicht vorbeikam, konnte sie nur mit der Frau vom Hilfswerk über die Tabletten im Wochenschächtelchen streiten. Bis sie nicht einmal mehr allein Brot aufschneiden konnte oder vergaß, welcher Tag war. Oder bis sie nicht mehr aus dem Spital zurückkam, weil die Reha zu lange dauerte oder sie es einfach nicht mehr schaffte, sich allein um sich zu kümmern.

Ich ließ den Schwamm in der Dusche liegen, den Kübel mit dem Putzwasser daneben stehen und suchte im Badezimmerschrank nach einem Schmerzmittel. Mit einem feuchten Tuch über den Augen legte ich mich ins Bett und wartete.

Ich konnte am nächsten Tag noch einmal versuchen, beim Besuchsdienst anzurufen. Bis dahin sollte ich mir aber auch überlegen, was ich sagen wollte. Dass ich Frau Leitner nicht mehr besuchen wollte, von einem Tag auf den anderen? Dass ich darum bat, jemand anderem zugeteilt zu werden?

Sie gab sich Mühe, sich an den Namen des Ortes zu erinnern, aus dem Jan kam. Ich hatte sie erst auf die Idee gebracht, dass es möglich war, dorthin zu fahren. Hatte ihr auch noch gesagt, dass es nicht weit war. Ich hatte sie wieder auf ihre

Schwangerschaft angesprochen, weil ich mir einbildete, dass es wichtig war, mit ihr darüber zu reden, weil es bisher niemand getan hatte. Ich fragte immer weiter nach, wenn sie erzählte.

Langsam ließen die Kopfschmerzen nach. Ich schob das Tuch zur Seite, drehte mich zur Wand, um endlich einzuschlafen. Das Handyklingeln kam von weit weg. Ich brauchte mehrere Sekunden, um zu verstehen, dass es meines war. Als ich abhob, kam ich nicht dazu, sie zu grüßen. Frau Leitner entschuldigte sich, dass sie so spät anrufe. Sie hatte noch Zeitung gelesen und die Zeit übersehen. Ob ich ihr am nächsten Tag auch einen Striezel mitbringen könnte? Sonst nur das Übliche. Sie empfahl mir, mich hinzulegen, ich klinge müde. Gleich darauf legte sie auf.

Ich drehte mich wieder zur Wand, zog mir das feuchte Tuch über den Kopf. Nach Tschechien war es nicht weit, und mir würde es auch nicht schaden, hinauszukommen.

20

Wir beugten uns beide über die Karte, auf der mittlerweile mehrere ringförmige Tassenabdrücke waren.

»Wir könnten zuerst nach Brno fahren.«

Frau Leitner machte mit dem Bleistift ein großes Kreuz quer über Brno, fuhr mit der Spitze die Straße nach Süden ab bis zur Grenze. Wahrscheinlich sei er aus einem Dorf oder einer Kleinstadt im Süden gekommen, wie hätte er sonst zu Fuß über die Grenze gelangen sollen? Aber es konnte auch sein, dass er das nur erzählt hatte, weil es besser klang. Sie schraffierte Mikulov, eine Stadt an der Grenze.

»Eine andere Idee wäre, dass wir an der Grenze entlangfahren, soweit das eben geht.«

Sie legte den Stift ab und wischte sich über die Stirn. Sie

wisse gar nicht, ob das eine gute Idee sei, jetzt loszufahren. Sie wusste, dass nur noch zweieinhalb Wochen Zeit war, aber sie wollte nichts überstürzen. Sie überlegte. Er hatte einmal von Weinhügeln erzählt, in denen er sich als Jugendlicher oft herumgetrieben hatte, weite Terrassen, über die man flanieren konnte. Sie zog unter den Achseln an ihrer Bluse und meinte, dass ihr sogar das Sitzen heute schwerfalle.

Ich versicherte ihr noch einmal, dass wir nichts überstürzen mussten. Es war kein langer Weg, auch wenn es auf der Karte so aussah. »Wir können jederzeit eine Pause einlegen oder auch umkehren, wenn Sie das wollen.«

Ich solle mir nicht so viele Umstände machen, das sei sehr freundlich von mir. Aber ich hatte bestimmt Besseres zu tun, dazu war ich nun wirklich nicht verpflichtet.

Wieder wischte sie sich über die Stirn, schob ihre Haare zurück. Ich holte eine weitere Flasche Mineralwasser aus der Küche und schenkte uns nach. Frau Leitner trank in großen Schlucken, deutete auf die Kommode und bat mich, ihr die Halskette zu bringen. In der Glasschale auf der Kommode lagen mehrere goldene Ketten und eine Perlenkette ineinander verwickelt, einige Ringe mit Edelsteinen, zwei große, goldene Broschen. Ich zog die Kette mit dem Rosenanhänger hervor. Sie hängte sie sich um, betrachtete den Anhänger. Jan habe hier und da gearbeitet in Österreich, morgens Zeitungen ausgetragen, manchmal Badezimmer gefliest, im Sommer sei er Bademeister gewesen. Die Haare schnitt er sich bald ab, zu einem modernen Kurzhaarschnitt, und dann sah er so gut aus, wie sie es für möglich gehalten hatte. Nur der Akzent blieb, die starken »R« und die harte Aussprache, auch wenn er gut Deutsch konnte.

Ich war davon ausgegangen, dass sie sich nur einige Wochen lang getroffen hatten, nun klang es danach, dass sie jahrelang eine Beziehung geführt hatten.

Ob sie das eine Beziehung nennen würde. Sie führte den Satz nicht zu Ende und sah mich interessiert an. Über den Winter sei er weg gewesen, das habe er angekündigt. Erst im nächsten Frühling kam er zurück, danach trafen sie sich noch einige Monate lang. Im zweiten Jahr fragte die Schwester nicht mehr, aber sie stellte sie einmal zur Rede und erklärte ihr, sie würde bald einschreiten, wenn das so weitergehe.

Sie zog an der Kette, drehte den Anhänger in den Händen. Die Eltern hätten es gerne gesehen, wenn sie einen Verehrer vorzuzeigen gehabt hätte, wie die Schwester. Doch der war nur Elektrikergehilfe und brav und langweilig.

Sie nahm den Stift und tippte auf Retz, mitten im Waldviertel. Da sei sie einmal gewesen, mit einem Verehrer, Jahre später. Der hatte mit ihr auch nach Znaim fahren wollen, weil er da Bekannte gehabt hatte. Aber das konnte man nicht einfach so machen. Sie fuhr ohnehin lieber in den Süden, an die Adria, einmal sogar bis nach Frankreich. Dort hatte er ihr ein wunderschönes blaues Kleid gekauft, aus reinster Seide. Im Cabrio waren sie die ganze Strecke gefahren.

»Mit demselben Mann?« Ich überlegte, von wie vielen Verehrern sie mir nun schon erzählt hatte, mit dem Schuster und dem Studenten waren es nun schon mindestens vier.

Sie schüttelte den Kopf, derselbe oder ein anderer, was mache das schon aus. Am Ende hatten sich alle aus dem Staub gemacht, weil sie eine bessere Partie finden wollten oder schon hatten. Und wo blieb sie da? Sie wusste immer schon, dass sie auf sich selbst schauen musste, dass sie sich genau überlegen musste, was am Ende für sie selbst übrig blieb. Schließlich war sie nicht einmal Sekretärin gewesen am Anfang, sondern nur Schreibkraft. Das interessierte keinen, wo sie blieb und was sie aus sich machte, da musste sie schon auf sich selbst schauen. Sie wusste, was ihr zustand.

In der Wohnung über uns polterte es. Das passiere in letzter Zeit andauernd, die hätten keine Manieren, alle Kinder schlecht erzogen. Als hätte sie mit meiner Frage schon gerechnet, fügte sie noch hinzu, zwei hatte sie gesehen, aber sie war sicher, da gab es noch mehr.

Ich zog mit dem Bleistift einen Ring um das Kreuz, das sie über Brno gemalt hatte. Ich fragte mich, welche Geschichten Jan ihr erzählt hatte und ob sie sich manche davon nicht doch erst später ausgedacht hatte, um sich selbst eine spannendere Beziehung zusammenzudichten. Würde es ihr wirklich helfen, wenn wir nach Tschechien fuhren, oder wäre sie enttäuscht, wenn wir dort nicht die sanften Weinhügel und die charmanten Männer fanden, die fast perfekt Deutsch sprachen?

Ich müsse doch bestimmt los, sagte sie mir und stand entschlossen auf. Sie ging zur Kommode hinüber und strich über den Schmuck in der Glasschale. Geschenke habe sie immer wieder bekommen, aber Jan, der sei eben etwas Besonderes gewesen. Ich trat neben sie, sie strich über die Perlenkette und ich fragte mich, was der Schmuck wert sein könnte. Neben der Glasschale standen zwei Fotos in Rahmen. Ein Hochzeitsbild in Sepiatönen, ein Paar vor einer efeubewachsenen Mauer, vermutlich ihre Eltern. Daneben eine Aufnahme von zwei jungen Frauen in hellen Sommerkleidern mit breitkrempigen Sommerhüten.

Ihre Schwester und sie hätten immer zusammengehalten, sagte sie mit Blick auf das Bild. Auch wenn sie sich über Männer nie einig waren. Die Schwester hatte auch einen Beruf lernen wollen. Als Kind hatte sie einmal gesagt, sie wolle Bürgermeisterin werden. Aber sie hatte geheiratet und zwei Kinder bekommen und ihr vorgeworfen, dass sie es anders gemacht habe. Aus irgendeinem Grund hatte sie geglaubt, sie könne ihr Vorhaltungen machen.

Sie hob die Perlenkette an, die habe der Konrad ihr geschenkt, ein Versicherungsvertreter aus München. Das war auch lange her.

Sie folgte mir bis zur Wohnungstür, griff an mir vorbei zum Schlüssel und sperrte auf. Sie stand unangenehm nahe bei mir, ich roch ihren Schweiß und ein süßliches Parfüm. Sie werde sich das mit der Karte noch einmal durch den Kopf gehen lassen. Wenn sie über die Ortsnamen nachdachte, kam ihr Krumlov bekannt vor. Vielleicht war das kein schlechter Anfang. Jedenfalls wollte sie mir für meine Mühe danken, sie tätschelte meinen Arm und schloss die Tür.

Auf dem Heimweg versuchte ich mir vorzustellen, wie sie als junge Frau ausgesehen hatte, auf dem Foto waren die Gesichter der beiden Frauen von den Krempen verdeckt gewesen. Ich stellte mir einen jungen Mann vor, mit einer etwas zu großen Anzughose und einer fleckigen Jacke. Um seinen letzten Lohn hatte er die Kette mit dem Rosenanhänger gekauft. Ich fragte mich, ob sie ihm gezeigt hatte, dass ihr sein Geschenk viel bedeutete, oder ob sie es damals als selbstverständlich angesehen hatte. Die Verklärung konnte erst im Nachhinein geschehen sein, als er verschwunden war.

21

»Ich bin demnächst vielleicht für einen oder zwei Tage weg«, sagte ich zu Frau Vessely. »Nur, damit Sie Bescheid wissen.«

»Ist das so einfach, bei Ihrer Arbeit, spontan wegfahren?«, wollte sie wissen.

»Ich warte gerade«, sagte ich.

»Worauf?«

»Auf neue Aufträge oder zumindest eine Absage.«

Sie nickte. Ich hatte ihr erzählt, dass ich so oft zu Hause war, weil ich von zu Hause aus arbeitete, Texte korrigierte und kleinere Übersetzungen machte. Präziser konnte ich es nicht beschreiben.

Ich verabschiedete mich von ihr, erst als ich einen Stock weiter unten war, hörte ich ihre Wohnungstür einrasten. Ich machte mich auf den Weg zu Frau Leitner.

Sie öffnete mir nicht. Ich drückte noch einmal fest auf die Klingel, hörte es oben in der Wohnung läuten, doch keine Schritte, kein Rufen. Lag sie noch im Bett? War sie gestürzt? Ich klingelte ein letztes Mal, lauschte angestrengt, keine Hilferufe. Ich sollte das Hilfswerk oder die Caritas anrufen. Erst da fiel mir auf, dass sie einmal das eine und dann wieder das andere gesagt hatte. Ich konnte schlecht anrufen und mich durchfragen, wer sich um Frau Leitner kümmerte, wer sie das letzte Mal gesehen hatte.

Die Frau aus der Wohnung über ihr näherte sich mit einem Einkaufstrolley und zwei schweren Taschen der Haustür, sie nickte mir zu. Ich ließ sie vorbei, sah zu den Fenstern hinauf, durch den Vorhang war nichts zu erkennen. Licht brannte keines.

Sie zog den Trolley an mir vorbei, stellte die zwei Taschen unter den Briefkästen ab und hielt mir die Tür auf. Ich griff nach einer der Taschen. In meiner eigenen Einkaufstasche über der Schulter trug ich nur ein paar Joghurts und eine Schachtel Erdbeeren. Auf nichts sonst habe sie Appetit, hatte mir Frau Leitner am Telefon gesagt. Die Frau nahm mir die Taschengriffe bestimmt aus der Hand, schüttelte den Kopf und bedankte sich.

An Frau Leitners Tür läutete ich und wartete wieder, während die Frau hinter mir ihren Trolley hochzog, der an jeder Stufe klackend anschlug. Ich beugte mich zum Türspion, ein schwarzes Loch. Mit der Faust klopfte ich gegen die Tür, hörte drinnen endlich die vertrauten schweren Schritte.

Mit zerzausten Haaren, die Bluse schief zugeknöpft, öffnete sie mir. Sie habe die Zeit übersehen, sich noch einmal hingelegt, weil ihr die Tage schon zu lang würden. Sie nahm mir die Einkaufstasche ab und bat mich, ins Wohnzimmer zu gehen, sie komme gleich. Ich sah, dass sie in der Küche alle Teller und Tassen auf die Anrichte geräumt hatte, einer der Sessel der Wohnzimmergarnitur stand am Fenster. Sie winkte mich ungeduldig weiter.

Die Karte war mittlerweile an einer Seite aufgerollt, ein weiteres Eck stand in die Höhe. Ich setzte mich und sah die Keksbrösel, die über Böhmen verteilt waren, eine Büroklammer nördlich von Prag. Auf den weißen Rand ganz im Süden hatte sie eine Telefonnummer gekritzelt. Der Straßenverlauf von Mikulov an der Grenze bis nach Prag war mit Bleistift nachgezogen. Frau Leitner kam mit einer Flasche Mineralwasser und einer Packung Kekse ins Zimmer. Sie nahm aus der Vitrine einen ihrer schönen Teller mit Blumenmuster und stellte ihn auf den Tisch. Ich protestierte, doch sie meinte, wofür sie den denn aufheben solle. Sie stellte die Wasserflasche ab, da bemerkte sie, dass sie die Gläser vergessen hatte. Ich bat sie, sich endlich zu setzen.

Die Gläser standen alle noch im Küchenkasten. In der halboffenen Tür zum Badezimmer dahinter sah ich einen Stapel neuer, dicker, hellblauer Handtücher liegen. Unter dem Fenster waren viele ausgewaschene Geschirrtücher über den Heizkörper gehängt.

»Was ist hier los?«

Sie wiegte den Kopf hin und her, versuchte, sich mit den Händen die Haare durchzukämmen. Sie sah mir dabei zu, wie ich uns Wasser einschenkte.

Die Frau vom Hilfswerk habe ihr von einer anderen Frau auf ihrer Route erzählt, die nur ganz wenig Geschirr besitze, deren Badezimmer ganz kahl sei. Da hatte sie darüber nachgedacht, wie viel sie hatte, und angefangen durchzuräumen.

»Sie sind in der Küche auf den Sessel gestiegen und haben die Kästen ausgeräumt?«

Nein, das sei die vom Hilfsdienst gewesen, als sie heute Früh endlich Zeit dazu gefunden habe. Jetzt, wo sie das alles vor sich sah, wusste sie nicht, wohin damit. Aber sie sah auch nicht ein, warum sie all die Tassen und Teller einfach so hergeben sollte.

Sie wischte die Keksbrösel aus Böhmen weg, stellte den Teller darauf und leerte die Butterkekse aus der Packung.

Ich deutete auf den Bleistiftweg nach Prag: »Wollen Sie bis nach Prag fahren?«

Sie habe sich nur daran erinnert, dass Jan einmal erzählt hatte, wie er nach Prag gefahren sei. Mit einem Freund, der sich das Auto nur ausgeliehen hatte. Stundenlang waren sie unterwegs, auf holprigen Straßen, immerhin hatten sie Wein dabei. Damals waren die Straßen bestimmt noch nicht so gut ausgebaut wie heute. Sie biss eine Ecke von einem Butterkeks ab und kaute lange darauf herum.

Ihr sei etwas eingefallen, als sie gestern hier gesessen sei und überlegt habe, wo wir am besten zu suchen anfangen sollten. Sie tippte auf Mikulov. Sie hatte mit der Bleistiftspitze ein Loch in das »M« gedrückt. Sie war sehr sicher, dass Jan erwähnt hatte, er sei in Mikulov zur Schule gegangen. Aber das war es gar nicht, was sie mir erzählen wollte.

Jan hatte sich doch noch einmal gemeldet, Jahre später. Aber sie hatte sich so darüber geärgert, dass sie es vergessen hatte. Er hatte über ihre Schwester ihre Telefonnummer herausbekommen. Gott sei Dank hatte die Schwester nur die neue Telefonnummer und nicht ihre neue Adresse. Im ersten Moment freute sie sich, als sie seine Stimme hörte, doch sie merkte schnell, dass er ihr nur Vorwürfe machen wollte. Sie legte schnell auf und ging in den nächsten Tagen nicht ans Telefon, obwohl es oft klingelte.

Er hatte zu ihr gemeint, sie hätte sich bei ihm melden müssen, hätte versuchen müssen, Kontakt zu ihm aufzunehmen, nachdem er weggegangen war. Immerhin hatte sie seine Adresse. Auch wenn das gar nicht stimmte, sie konnte sich nicht daran erinnern, dass er sie ihr gegeben hatte.

Sie rutschte auf ihrem Sessel hin und her, zerdrückte das Keks auf dem Teller. Es sei ihn gar nichts angegangen. Sie zog alleine zur Tante, als der Bauch schon so dick war, dass sie nicht mehr in ihre Röcke passte. Die Tante hatte sich gefreut. Die war einsam gewesen, der Sohn schon knapp davor, auszuziehen, der Mann bei einem Unfall verstorben. Die hatte sich gern angenommen, erst recht, als sie ihr versprach, regelmäßig Geld zu schicken. Das war für alle das Beste.

»Für wen, alle?«

Sie sah mich verwundert an. Von solchen Dingen müsse ich doch etwas verstehen, was glaube ich denn, was passiert sei?

»Was hat Ihre Schwester Ihnen vorgeworfen?«, fragte ich.

Kein Grund, hier laut zu werden. Sie knöpfte an ihrer Bluse herum, versuchte, sie richtig zuzuknöpfen. Sie habe es nie leicht gehabt, warum das nie jemanden interessiere, immer nur. Sie brach ab, schluchzte auf. Zitternd saß sie da und strich über die Karte.

Die Schwester hätte sich nicht einmischen dürfen. Sie sah mich nicht an, tupfte mit dem Finger die Keksbrösel auf, wischte sie mit dem Daumen ab.

Plötzlich verstand ich. Sie hatte nie gesagt, dass sie das Kind verloren hatte, ich war nur davon ausgegangen. Sie hatte es bekommen und bei ihrer Tante gelassen.

Ich sprang auf, suchte meine Hosentaschen nach Taschentüchern ab, suchte auf der Kommode, lief in die Küche und kam mit einem Stück Küchenrolle zurück. Sie zog es mir aus der Hand, immer noch weinte sie, schluchzte. Sie schluckte und sagte, dass niemand sie verstehen wolle, ihre Schwester nicht, die Nachbarinnen nicht. Immer hatte sie es allen recht machen sollen, niemand hatte je nach ihren Wünschen gefragt. Sie knüllte die Küchenrolle zusammen, wischte sich über die Augen.

Ich stand daneben und wollte ihr nicht sagen, dass ich für sie da sei. Ich wollte nicht, dass sie nach meiner Hand griff und sich festhielt und darauf wartete, dass ich ihr sagte, dass ich sie verstehe. Weil ich nicht verstand, wie sie sich diese Geschichten erzählen konnte, dass sie über das Kind hinweggehen konnte.

Sie schlug einen Teil der Karte zu, klappte den Osten über die Keksteller und die Gläser. Sie sei müde und verwirrt, sagte sie, es wäre besser, wenn ich ginge. Sie wusste selbst nicht, was sie mir erzählte. Ich holte meine Einkaufstasche, die auf der Küchenanrichte lag. Im Hinausgehen schaute ich noch einmal ins Wohnzimmer, sie saß noch am Tisch.

Sie richtete sich auf. Es sei trotzdem eine schöne Zeit gewesen, deshalb habe sie gerne daran gedacht. Vorwürfe hatte sie später noch öfter zu hören bekommen. Einmal sogar von einer Ehefrau, unschön war das. Aber woher hätte sie wissen sollen, dass der verheiratet war?

Einen Moment lang dachte ich, dass sie von Jan sprach, aber es musste wieder ein anderer Verehrer sein. Ich sah zu der Glasschale mit dem Schmuck auf ihrer Kommode. Ich war zu müde, ich wollte sie nicht danach fragen, wer verheiratet gewesen war, sie wäre mir ohnehin nur ausgewichen. Ich versprach ihr, sie anzurufen.

22

Sie stand in der Küchentür und fragte mich, ob sie denn mehr als zwei Blusen einpacken solle. Die Reisetasche stand mitten im Flur, im Hereinkommen war ich beinahe darüber gestolpert. In der Küche war dafür alles beim Alten, das Geschirr wieder in den Schränken.

»Wir können an einem Tag hin und zurück fahren, das ist kein Problem.« Ich stellte die Joghurts in den Kühlschrank. Die vier Joghurts, die ich in der Vorwoche gekauft hatte, standen alle noch im Fach. Unten waren mehrere Flaschen Bier eingekühlt.

Sie könne zwar kaum schlafen, aber früh aufstehen sei einfach trotzdem nichts für sie. Ihr wäre es lieber, wenn wir erst später losfuhren. Einen Schal hatte sie auch eingesteckt, am Land wurde es am Abend so schnell kalt.

»Ich kann nicht einfach so für mehrere Tage wegfahren«, sagte ich. Das stimmte nicht. Erst am Vortag war mir wieder ein Auftrag abgesagt worden, mit dem ich fest gerechnet hatte.

Sie schob die Tasche zur Seite, drückte sie gegen den Schuhschrank. Sie wolle eben auf Nummer sicher gehen, falls wir doch länger brauchten oder eine Spur fanden.

»Was für eine Spur?« Sie hatte kein Foto von ihm und mindestens drei Vorschläge, was sein Nachname gewesen sein konnte. Wir hatten uns nur darauf geeinigt, dass wir nach Mikulov fahren würden.

Ich hatte mir die Route auch im Internet angesehen. Direkt nach der Grenze waren auf der Karte mehrere Casinos und Nachtclubs eingezeichnet. Dahinter aber begannen bald die Weinberge, durch die Jan gestreift sein konnte.

Sie überlege auch, ob es gut sei, eine Jause einzupacken, oder ob ich der Meinung sei, dass es einfach sei, unterwegs etwas zu kaufen? Sie wartete meine Antwort nicht ab und ging ins Badezimmer. Ich hörte sie herumkramen, Fläschchen klirrten.

»Wonach suchen wir eigentlich?«

Wir könnten auf dem Friedhof anfangen. Oder erst einmal nach der Schule suchen und von dort aus weiter. Wenn er in Mikulov wirklich zur Schule gegangen war, musste er aus dem Ort oder einem der umliegenden Dörfer stammen. Sie wollte herumfahren und nach alten Tischlerbetrieben suchen.

Mit einer Tube Körpermilch kam sie zurück in die Küche und hielt sie mir entgegen. Die habe die Frau vom Hilfswerk wegwerfen wollen, weil kaum noch etwas drin sei und sie außerdem die Haut reize, ob das zu fassen sei? Sie stellte sie vor mir auf der Anrichte ab. Gestern habe sie schon wieder die Tabletten anders in die Wochenschachtel geräumt, nun auf einmal zwei von den roten, die sie für den Blutdruck nahm, weil die fürs Herz gut waren. Aber sie war unschlüssig, ob sie die nun nehmen sollte, der Doktor hatte ihr das kaum erklärt.

»Aber wo wollen Sie dann weitersuchen? Wir können beide kein Tschechisch.«

Sie legte mir die Hand auf den Unterarm, das sei alles kein Problem, ihr werde schon etwas einfallen, das sei eine Frage der Eingebung. Wenn sie erst einmal in den Weinbergen war, würde sich alles andere dann ergeben. Sie konnte sich an manche Details aus seinen Geschichten sehr gut erinnern, wie das hellrote, mehrstöckige Winzerhaus an der Ecke der Hauptstraße, wo die Gasse abbog, in der das Haus seiner Familie das letzte war. Wie der Brunnen am Hauptplatz ausgesehen hatte, mit drei Nixen.

Ich zog meinen Arm zurück. »Ich hole Sie am Samstag um zehn Uhr ab, in Ordnung?« Wenn wir zügig fuhren, könnte ich am Abend wieder zurück sein.

Sie nickte und riet mir, zur Sicherheit auch etwas mehr einzupacken, man könne ja nie wissen. Ich versprach es ihr.

Am Freitagabend, als ich gerade noch einen Pyjama in meinen Rucksack packen wollte und mein Waschzeug schon zusammengesucht hatte, rief sie mich noch einmal an. Sie fühle sich nicht gut, es wäre besser, wenn sie sich schonen und im Bett bleiben würde. Das hatte ihr auch die Hilfskraft gesagt. Sie war den ganzen Tag schwach auf den Beinen gewesen, zu Mittag hatte sie sich lange hingelegt. Ohne mir Zeit zu geben, ihr zu antworten, legte sie wieder auf.

Ich räumte mein Waschzeug zurück ins Badezimmer, doch den halb gepackten Rucksack ließ ich mehrere Tage lang im Vorzimmer stehen. Ich wollte nicht daran glauben, dass wir nun nicht wegfuhren.

23

Bei meinem nächsten Besuch war die Kommode mit Papier bedeckt. Pralle Kuverts, in denen Billets und Briefe steckten, daneben einige Fotos, mit der bedruckten Seite nach unten, ausgerissene Kreuzworträtsel. Frau Leitner schenkte mir Hollersaft ein und spritzte ihn mit Wasser auf. Sie beschwerte sich dabei, dass es in ihrem linken Arm zog. Die Nachbarn oben seien die ganze Nacht laut gewesen, der Fernseher sei gelaufen, herumgetrampelt seien sie.

Wir gingen ins Wohnzimmer, aus der Nähe fiel mir auf, dass zwischen den Kuverts noch zerknitterte Briefumschläge lagen. Frau Leitner zog mich am Arm und deutete auf den Wandverbau mit der Vitrine. Im obersten Fach links müsste noch mehr sein, aber da komme sie nicht ran.

Ich fragte nach: »Mehr wovon?«

Papier, sagte sie nur. Ich erreichte den Griff des Fachs mit ausgestreckter Hand, ein Stapel dicker Umschläge lag neben ein paar Zeitschriften. Ich zog sie heraus, mehrere rutschten aus dem Stapel und fielen zu Boden. Frau Leitner setzte sich hinter mir an den Tisch. Als ich die Umschläge einsammelte, fiel mir auf, dass sie nicht als Empfängerin, sondern als Absenderin darauf stand.

Ich legte die Umschläge wortlos vor ihr ab. Sie blätterte sie durch. Ihre Schwester habe sie zurückgeschickt, alle Weihnachtskarten, seit dem einen Streit am Telefon.

Sie stapelte die Umschläge aufeinander. Davor habe die Schwester sogar ihr erstes Kind, ihren Sohn, einmal bei einem Besuch in der Stadt mitgebracht. Sie waren durch den Stadtpark gegangen und die Schwester hatte sie mehrmals gefragt, ob sie das Kind nicht doch wenigstens kurz halten wolle.

»Welchen Streit meinen Sie?«

Sie habe der Schwester doch nichts getan, ihrem Neffen doch auch nicht. Sie war weggezogen, weil sie keine andere Wahl gehabt hatte. Ein neues Leben in der Stadt zu beginnen war nicht leicht. Bis sie erst einen Platz im Wohnheim gefunden hatte und dann eine Möglichkeit, in einem Büro anzufangen. Der Tante schickte sie Geld, so oft sie konnte. Die Schwester glaubte offenbar, sie würde zurückkommen, wenn sie genug Geld verdiente, sich eine Arbeit zu Hause suchen. Aber warum sollte sie zurückkommen, wenn sie es endlich geschafft hatte? Die Schwester habe gefragt, wie sie sich das vorstelle, wie das weitergehen solle, das sei ja kein Zustand. Dann wurde sie laut und schrie in den Hörer, ein Unmensch, sie könne doch nicht nur an sich selbst denken, und noch viel Hässlicheres.

Ich setzte mich neben sie, sah mich nach der Straßenkarte um, konnte sie aber nirgends entdecken.

Die habe sie alle aufgehoben, all die Jahre. Sie deutete auf die Kommode. Sonst seien dort nur Tischdecken, Servietten und Zierdecken drin, aus feinem Stoff, alle handgemacht. Die Kuverts sollte sie endlich wegwerfen. Das Geld hatte sie damals wieder herausgenommen, als sie mit der Post zurückgekommen waren, nicht erst jetzt.

Sie schickte der Tante Geld, wann immer sie konnte. So oft rief sie nicht an, wie sie sich vorgenommen hatte, aber doch alle paar Wochen zumindest, spätestens zu den Feiertagen. Sie wollte der Tante doch helfen, in ihrem Alter war das nicht einfach.

»Sie sind nie zurückgefahren?«

Sie spielte mit den Umschlägen, fächerte sie auf und schob sie wieder zusammen. Die Tante sei schnell alt geworden, seufzte sie, habe ihr Fotos geschickt, in verblichenen Brauntönen, unter den weißen Häubchen und Kappen und in den weiten Kitteln war kaum ein Kind zu erkennen gewesen.

»Ein Mädchen?«

Mit Kindern habe sie noch nie viel anfangen können. Woher hätte sie wissen sollen, wie sie den Neffen richtig hielt, warum erwarteten das alle von einem?

»Aber Ihr Neffe besucht Sie doch«, sagte ich hilflos. Mir fiel erst jetzt ein, dass sie ihn nicht mehr erwähnt hatte, seit ich den Blumenstrauß bei ihr gesehen hatte.

Der komme auch nie vorbei, sagte sie, einmal im Jahr höchstens. Auch der machte ihr nur Vorwürfe, dass sie ihre Schwester im Krankenhaus nicht mehr besucht hatte, als es ihr immer schlechter ging. Aber Krankenhäuser hatte sie noch nie ausgehalten.

Ich war verwirrt, konnte mir nicht mehr erklären, wann was passiert war: »Wann haben Sie Ihre Schwester nicht mehr besucht, kurz bevor sie gestorben ist?«

Sie habe sich immer gekümmert, so gut sie konnte. Warum sollte sie nicht auch auf sich selbst schauen dürfen? Außerdem hatte sie in der Stadt bald einen Verehrer gehabt, in dem Büro, in dem sie als Schreibkraft angefangen hatte. Was hätte der von ihr gehalten, wenn er von der Sache mit Jan erfahren hätte?

Ich stellte sie mir als junge Frau vor, erst wenige Wochen in der Stadt, schon bei einem neuen Verehrer eingehängt ging sie die Einkaufsstraße hinab. Sie hatte davon gesprochen, dass Jan weggegangen war, aber nicht mehr dazu gesagt. Das kam mir nun seltsam vor. »Ist Jan überraschend weggegangen oder haben Sie den Kontakt zu ihm abgebrochen?«

Sie sah mir in die Augen. Ich könne mir das ja gar nicht vorstellen, ich wisse ja nicht. Ob ich es nun auch noch besser wusste als sie. Sie stand auf, schlurfte zur Kommode und legte die Umschläge zu den übrigen.

Niemand sei mehr da, sagte sie und schob die Umschläge zusammen. Ich konnte mir ja aussuchen, ob ich ihr helfen wollte oder nicht, das war mir überlassen. Sie brach ab, seufzte und stützte sich schwer auf die Kommode. Ihr sei so schwindlig, immer schwindlig in letzter Zeit. Sie begann leicht zu schwanken, ich sprang auf. Sie stützte sich schwer auf mich.

»Ich weiß nicht, wie es ist«, sagte ich. Ich wollte sie zum Tisch zurückführen, aber sie sträubte sich, deutete auf die Schlafzimmertür neben der Kommode. Ich war noch nie in ihrem Schlafzimmer gewesen. Ich führte sie zu dem wuchtigen Bett in der Mitte des Raumes. Sie stolperte über die Teppichkante davor, klammerte sich noch fester an meinen Oberarm. Ich roch ihren Schweiß und die abgestandene Luft. Es roch auch schwer nach Lavendel, der wohl gegen die Motten im Kleiderschrank lag.

Sie setzte sich aufs Bett, sank in sich zusammen und schloss die Augen. Ob ich ihr noch ein Glas Wasser bringen könnte, flüsterte sie. Als ich mit dem Glas zurückkam, hatte sie sich kaum bewegt. Ich stellte das Glas auf das Nachtkästchen, sie sank zur Seite. Und ob ich die Umschläge und Billets zum Altpapier mitnehmen könne, sie könne sie nicht mehr ertragen.

Ich zog die Schlafzimmertür hinter mir zu, schob die Papiere zusammen und trug sie in den Hof. Vor der Papiertonne zögerte ich. Aber was sollte ich damit machen? Sie aufheben, Frau Leitner fragen, ob sie sie nicht doch behalten wollte? Ich warf sie in die Tonne, zog ein paar Zeitungen darunter hervor und breitete sie über die Billets und Umschläge, damit niemand sie finden würde.

Beim Nachhausekommen klingelte ich bei Frau Vessely. »Wahrscheinlich fahre ich doch nicht fort«, sagte ich.

Sie antwortete nicht, sondern musterte mich und zog ihre Bluse zurecht.

»Ich wäre mit jemandem weggefahren, aber sie will nun doch hier bleiben.«

»Das heißt, Sie hätten immer noch Zeit wegzufahren?«

Ich wartete darauf, dass sie mir raten würde, alleine zu verreisen, denn das würde mir guttun. Doch stattdessen fragte sie: »Würden Sie mit mir fahren?«

»Wohin wollen Sie denn fahren?«

»Das werden Sie schon sehen. Ich würde selbstverständlich das Benzin und alles Weitere bezahlen«, sagte sie. »Betrachten Sie es als Auftrag.«

Ich nickte. Mir gefiel, dass damit klar schien, wie wir zueinander standen.

»Aber wohin genau?«, fragte ich.

»Deutschland. Oder noch besser, Dänemark. Richtig in den Norden. Am liebsten an Klippen.«

»Dafür ist Dänemark wahrscheinlich zu flach.«

»Dann werden wir weitersehen«, meinte sie.

Wieder nickte ich nur, noch wollte ich nicht daran glauben, dass wir wirklich wegfahren würden. Ich ging davon aus, dass wir dieses Gespräch noch öfter führen würden, sie mit der Hand auf dem Türrahmen abgestützt, ich mit den schweren Mineralwasserflaschen zu meinen Füßen.

24

Mir reichte es. Ich stand auf dem wackligen Küchenhocker und griff nach hinten ins Tiefkühlfach, wo an der bauchig vereisten Rückwand noch eine Packung Erbsen klebte, eine Ecke schon in die Eiswand eingewachsen. Ich stützte mich mit der anderen Hand am Rand des Eisfachs ab und steckte den Arm bis zur Schulter hinein. Frau Leitner trat noch einen Schritt näher an mich heran und stellte sich auf die Zehenspitzen, um doch ins Eisfach zu sehen. Ich roch ihre fettigen Haare, sah die Schuppen auf dem Kragen ihrer Bluse und lehnte mich noch mehr gegen den Kühlschrank.

Alles müsse weg, betonte sie noch einmal, in zwei Tagen sei es so weit und sie wisse ja nicht, wann sie zurückkomme, wenn sie zurückkomme. Ich packte die Erbsenpackung und zog daran, hörte ein leises Knarren, aber sie bewegte sich kaum. Frau Leitner trat gegen die beige Plastikwanne, die vor der Küchenzeile auf dem Boden stand, in ihr stapelten sich abgelaufene Schnitzel, unbeschriftete Beutel mit fest zusammengefrorenen Hühnerbrüsten und ein Beutel mit etwas, das einmal Marillen oder Pfirsiche gewesen waren. Frau Leitner begann wieder darüber zu reden, dass es seit Tagen schon so trüb und regnerisch draußen war, sie wollte vor der OP die Sonne noch einmal sehen. Ich kratzte mit den Fingernägeln über die Erbsenpackung, zog die schon eiskalte Hand heraus und schob die andere an die Eiswand nach hinten.

Ich hörte ihr schon nicht mehr zu, fiel mir auf, ich hätte nicht sagen können, ob sie noch immer über das Wetter sprach oder wieder über die Nachbarn, die nicht wissen durften, dass sie so lange weg sein würde. Das hatte sie mir schon erzählt, als ich zur Tür hereingekommen war. Die Nachbarn sollten nichts wissen, sagte sie, sonst würden die auf einmal auf dumme Ideen kommen. Ein letztes Mal riss ich an der Erbsenpackung, mit einem Ratschen löste sie sich von der Rückwand. Ich warf sie in die Plastikwanne, ein Eck war aufgerissen, der Kartonrest musste noch an der Rückwand kleben.

»Sie müssen den dringend abtauen.«

Dafür habe sie keine Zeit, sagte sie, jeden Tag falle ihr mehr ein, was sie vor dem Krankenhaus unbedingt noch erledigen musste. Die Frau vom Hilfswerk hatte gestern so getan, als ob sie zum ersten Mal davon hörte, dass sie weg müsse, und dann hatte sie allen Ernstes zu ihr gesagt, dass das schon nicht so schlimm werde. Was wusste die schon von Operationen? Die durfte nicht einmal Spritzen geben oder Blutdruck messen, alles musste der Arzt machen.

Ich drückte das Eisfach fest zu, die Türdichtung quietschte. Als ich vom Hocker stieg, sagte Frau Leitner, nun sei wenigstens das geschafft, drückte sich an mir vorbei und setzte sich auf den anderen Hocker.

Ich bot an, das Essen in der Plastikwanne gleich nach unten zu bringen. So dringend sei das nicht, sie winkte ab. Ich sollte mich doch erst einmal setzen, ob ich einen Kaffee wolle? Auf der Filterkaffeemaschine neben ihr stand die volle Kanne, schon seit ich hereingekommen war, mittlerweile konnte der Kaffee nur noch lauwarm sein. »Ich gehe lieber gleich«, sagte ich und hob die Plastikwanne an. Noch rochen die Tiefkühlbeutel nach nichts, nur ein leichter Geruch nach abgestandenem Wasser und Plastiksackerln. Aber wenn sie im Hof unten dann auftauten, würden sie zu stinken anfangen. Ich ging rückwärts durch die Küchentür, der Flur war so schmal, dass ich die Wanne kaum drehen konnte, um sie quer vor mir zu tragen. Mühsam schob ich sie zwischen der hohen Kommode und den schweren Mänteln an der Garderobe durch, auf die Wohnungstür am dunklen Ende des Flurs zu. Frau Leitner murmelte hinter mir so leise, dass ich sie nicht verstehen konnte, der Hocker quietschte über den Küchenboden, wenn sie sich bewegte.

Gleich neben der Wohnungstür musste der Lichtschalter sein, unter dem Hörer für die Gegensprechanlage, ich tastete mit der rechten Hand nach vorne und stützte die Wanne auf der Hüfte ab. Ich bildete mir ein, dass das Eis knisterte. Den Lichtschalter konnte ich nicht ertasten. Da war nur die glatte Tür, aber zumindest die Türklinke fand ich und drückte sie hinunter. Ich rechnete damit, dass abgesperrt war, dass sie uns wie immer in der Wohnung eingesperrt hatte. Doch die Tür schwang auf, ich wich zurück, stieß mir die Wanne in den Bauch und dann mit dem Handrücken fest gegen die Tür. Ich fluchte leise, horchte auf Frau Leitner, aber sie murmelte nur weiter wie zuvor.

Die Tür hinter mir fiel zu. In der Wanne war der Boden schon zur Gänze mit geschmolzenem Wasser bedeckt, das hin und her schwappte, als ich zur Haustür hinunterstieg. Mir fiel ein, dass die Wanne undicht sein könnte, ich hörte es auch schon sachte tropfen, stützte die Wanne am Geländer ab und drehte mich um, doch die hellgrauen Plastikstufen über mir waren trocken.

Erst als ich schon hinten vor der Tür zum Hof stand, links von mir die Kellertür, dachte ich daran, dass abgesperrt sein könnte. Frau Leitner hatte bestimmt nicht daran gedacht, sie hatte zwar genau überlegt, was noch alles zu tun war, und hatte mir mehr angeschafft als mich gebeten, ihr zu helfen. Ihre Hände waren immer wieder zu dem Stapel mit den Befunden und Arztbriefen gewandert, die sie auf der Küchenanrichte aufgestapelt hatte. Ohne hinzusehen, hatte sie die Blätter immer wieder durch die Hände laufen lassen.

Die Hoftür ließ sich ebenso leicht aufdrücken wie die Wohnungstür, noch einmal stieß ich mit der Wanne gegen die Hüfte. Ich wollte den Inhalt in den Restmüllcontainer kippen, aber ich merkte, dass ich die Wanne nicht so hoch heben konnte. Ich musste sie abstellen und drückte den Containerdeckel auf. Die Plastiksackerl waren glitschig zwischen den Fingern, als ich sie eins nach dem anderen anhob und in den Container warf. Die Erbsenpackung war seit drei Jahren abgelaufen. Sie hatte aus Gewohnheit weiter eingekauft, aber schon länger nichts mehr gekocht und auf die abgepackten Würstel und den Cremespinat vergessen, sobald sie das Tiefkühlfach geschlossen hatte. Der Beutel mit der Marillen- oder Pfirsichmasse tropfte besonders stark, ich hielt ihn weit von mir weg.

Ich war überzeugt, dass sie zurückkommen würde. Gerade wegen ihrer anhaltenden Beteuerungen, dass sie die OP nicht überstehen würde, dass das Krankenhaus gefährlich sei. Warum ich ihr trotzdem zugehört hatte, sie durch zustimmende Laute ermutigt hatte, weiter von ihrer Angst vor der Reha und von Lungenentzündungen zu erzählen, wusste ich nicht.

Der Bodensatz in der Wanne bestand aus bräunlichem Wasser, in dem einzelne Eisklumpen schwammen. In der Mitte des Hofes war ein Kanalgitter eingelassen, der Boden leicht abschüssig dorthin. Ich schob die Plastikwanne darauf zu, kippte sie um. Die Eisklumpen blieben auf dem Gitter liegen.

Ich musste sie noch einmal auf das Kind ansprechen. Gerade weil sie davon ausging, dass sie nicht zurückkommen würde. Vielleicht änderte das auch für sie endlich etwas.

Schnell ging ich wieder nach oben, klopfte an die Wohnungstür. Als ich keine Schritte hörte, klingelte ich. Der Boden der Plastikwanne war zerkratzt und schmutzig, innen klebten noch zwei Fetzen Plastik. Frau Leitner öffnete, trat aber nicht zur Seite, sondern blieb im Türrahmen stehen. Sie habe gemerkt, dass der Kaffee aus sei, sie habe vergessen, noch welchen nachzukaufen. Sie konnte leider keinen frischen mehr kochen. Aber Kekse waren noch da, gar nicht so alt, die hatte sie noch gefunden. Sie nahm mir die Wanne aus den Händen und ging mir voran in die Küche, bog dann ins Bad dahinter ab. Auf der Anrichte stand noch immer die volle Filterkaffeekanne, daneben ein Teller mit trockenen, hellen Keksen. Ich hörte, wie sie nebenan die Wanne abstellte und die Dusche aufdrehte.

Ich hob eines der Kekse an, Zuckerbrösel lösten sich. »Haben Sie sich das mit der Route noch einmal überlegt?«, fragte ich laut.

Sie habe die Karte gestern weggeworfen, antwortete sie. Sie erklärte, dass es sie so geärgert hatte, dass ihr der Ortsname nicht und nicht einfallen wollte. Und dass es letztendlich nur eine Spinnerei war.

»Heißt das, Sie geben auf?«

Da sei nichts zum Aufgeben, da sei ja nie viel gewesen. Sie drehte das Wasser noch stärker auf und spritzte die Wanne ab.

»Haben Sie denn Bescheid gesagt?«

Wem, wollte sie wissen, worüber denn.

»Verwandten.«

Ihre Nichte habe ihr zwar einen Partezettel geschickt, aber seitdem habe sie keinen Kontakt mehr zu ihr. Und der Neffe, der war zu beschäftigt mit Hausbau. Sie klopfte die Wanne gegen die Fliesen.

»Was ist mit dem Kind?«

Welches Kind, fragte sie verwundert.

Ich trat näher zur Badezimmertür, drückte sie auf. Sie wandte mir den Rücken zu und tat, als ob sie mich nicht hören würde.

»Was ist mit dem Kind?«, wiederholte ich.

Ach das, sagte sie vor sich hin in die Badewanne hinein. Das sei lange her, ihre Tante habe sich gut gekümmert. Sie hatte keinen Kontakt, warum auch? Ihre Tante hatte sich um alles gekümmert. Sie konnte eben nicht mit Kindern. Sie klopfte laut gegen die Badewanne.

Ich trat von der Badezimmertür weg. War es für sie wirklich so einfach, das Thema beiseite zu wischen? Ich stellte mir vor, dass wir uns ins Wohnzimmer setzen würden, mit zwei Tassen kaltem Kaffee und den trockenen Keksen. Obwohl sie die Karte einfach weggeworfen hatte, zerrissen wahrscheinlich auch.

Das sei nett von mir gewesen, dass ich mich damit so sehr beschäftigt habe, aber das sei doch zwecklos. Man könne ja nicht in der Vergangenheit leben, sagte sie laut.

»Ich gehe«, rief ich.

Ich solle mir von den Keksen nehmen, die werden so schnell trocken, meinte sie, sie komme gleich.

»Nein, ich gehe.«

Ich sollte mich nicht so haben. Wieder fing sie an zu klopfen, mit der Plastikwanne gegen die Badewanne.

Ich machte ein paar Schritte zurück zur Küchentür. Ich sollte mit ihr besprechen, wann ich sie im Krankenhaus besuchen, was ich ihr mitbringen könnte. Ich sollte mich damit abfinden, dass sie nicht mehr über Tschechien reden wollte, vielleicht nie mehr.

Ich hörte, wie sie seufzte und die Wanne abstellte. Rasch ging ich in den Flur, fand die Türklinke diesmal ohne langes Tasten, schon stand ich auf dem Gang. Ich nahm zwei Stufen auf einmal, lief nach draußen und hielt erst an der nächsten Straßenecke inne, um Luft zu holen. Ich würde nicht zurückgehen, und ich würde sie nicht anrufen, nahm ich mir vor. Ich wollte nicht mehr mitspielen.

Erst als Frau Vessely um sieben Uhr früh bei mir klingelte, musste ich einsehen, dass es ihr ernst war. Ich war zwar aufgestanden, hatte mich geduscht, aber mir noch keinen Kaffee gekocht. Ich fragte mich, was ich mit dem langen Vormittag nun anfangen sollte. Mit nassen Haaren und bloßen Füßen öffnete ich ihr die Tür. Sie musterte meine nackten Füße: »Können wir los?«

»Wir müssen noch tanken.« Hastig zog ich Socken und Schuhe über, rubbelte mir noch einmal mit dem Handtuch über die Haare, ging noch einmal zurück ins Bad, um die Toilettesachen zu holen, zog mir meine Jacke an. Sie blieb im Türrahmen stehen und sah mir zu.

»Ich wusste ja nicht, ob Sie fertig sind«, sagte sie, an den Türstock gelehnt. Ich nahm die Reisetasche, die neben der Tür stand, sie trat ein paar Schritte zurück. Hinter ihr im Gang standen ein großer Koffer und ihre Handtasche, ihre Wohnungstür gegenüber war schon verschlossen. »Könnten Sie den tragen?«, fragte sie, »Ich kann ihn kaum heben, den bekomme ich nie ins Erdgeschoß.«

Kurz dachte ich, dass sie mich vielleicht nur deshalb gefragt hatte, ob ich mit ihr fahren würde. Allein konnte sie nicht verreisen, das Gepäck war ihr zu schwer und schon der Weg zur Straßenbahn zu weit. Ich nickte.

Sie griff nach dem Stiegengeländer, setzte schwer einen Fuß auf die erste Stufe. Prüfend hob ich ihren Koffer, er war leichter, als ich gedacht hätte. Aber dennoch war ich nicht sicher, ob ich ihn und meine Reisetasche gleichzeitig nach unten tragen könnte.

»Sie sollten abschließen.« Sie war erst auf der dritten Stufe.

Ich zog die Tür zu und schloss ab, schulterte meine Tasche und hob den Koffer an, trug ihn bis zur Treppe, wo ich ihn absetzte. Meine Hände zitterten ein wenig.

»Da ist nichts Zerbrechliches drin.« Sie drehte sich nicht

zu mir um. Ich schob den Koffer zur Kante vor, dumpf landete er auf der ersten Stufe, im kahlen Stiegenhaus klang der Aufprall lauter, als er sein sollte. Stufe für Stufe schob ich ihn nach unten, Frau Vessely tastete sich vor mir mit ihrer Hand am glatten Geländer weiter.

Über uns wurde eine Tür geöffnet, ich hielt inne, wartete auf Schritte. Es musste Herr Schmiedinger sein aus dem Stock über uns, der mich immer sehr laut grüßte, wenn er mich auf dem Gang traf. Doch die Tür wurde wieder geschlossen und Frau Vessely war schon einen Halbstock unter mir.

Der Gurt meiner Tasche drückte sich in meine Schulter, der Koffer war breiter als die Stufe, auf der er stand. Wenn ich ihn nur etwas zu weit vorne abstellte, würde er kippen. Vielleicht wollte ich nicht wegfahren.

Unten knarrte das Haustor. »Kommst du?«, rief Frau Vessely. Hastig hob ich den Koffer an und mühte mich die Stiegen hinunter. Sie hielt mir das Tor auf und sah mir dabei zu, wie ich den Gurt meiner Tasche nochmals meine Schulter hinaufschob und mich dann an ihr vorbeizwängte.

Sie ließ das Haustor zufallen und ging mir zielsicher voraus zu meinem Auto. Ich musste ihr nicht sagen, welches meines war. Als ich den Kofferraum öffnete und mir meine Tasche wieder von der Schulter rutschte, griff sie danach, ließ sie aber zu Boden fallen: »Was hast du denn alles eingepackt?« Ich ging davon aus, dass sie wusste, dass wir zwei, drei Tage bis ans Meer brauchen würden. Wenn wir mit Pausen fuhren, wenn sie sich dort zumindest ein wenig umsehen wollte, würden wir mindestens eine Woche unterwegs sein, hatte ich überschlagen.

Ich drückte den Verbandskasten und meine Gummistiefel im Kofferraum zur Seite und hievte ihren Koffer hinein, legte meine Tasche daneben. Sie stand an den Wagen gestützt neben mir und sah mir dabei zu, nickte zustimmend: »Wir schaffen es noch vor dem Frühverkehr.«

Ich hatte keine Ahnung, wann und ob es Frühverkehr gab, welche Straßen zu vermeiden wären. Daran hatte ich noch nie gedacht. Die immer noch nassen Haare lagen schwer und kalt auf meinem Kopf, ich fröstelte und ging schnell um den Wagen herum, um einzusteigen.

Erst als wir auf die Autobahn auffuhren, fiel mir ein, dass sie mich geduzt hatte. Danach siezte sie mich nie wieder.

Ans Meer

25

Als ich mich nach Frau Vessely umdrehte, war sie nicht mehr da. Ein holländischer Vater blieb neben mir stehen, an der Hand ein quengelndes Mädchen, ein paar Schritte hinter ihnen ein Bub. Ich trat einen Schritt zurück und stolperte über einen Felsbrocken, fing mich wieder, sah auf die langsam herankommenden Familien, die Wanderer mit den vollbepackten Rucksäcken in grellen Farben und die Bergläufer, die sich zwischen den anderen noch hindurchschlängelten. Der Vater blieb neben mir stehen, weil das Mädchen immer heftiger an seinem Arm zog und sich dabei immer lauter mit langgezogenen Worten beschwerte. Leise versuchte der Vater, es zu beschwichtigen. Der Bub stand daneben und zog sich die Wollhaube bis über die Augen. An der letzten Kurve war sie noch direkt hinter mir gewesen, hatte abgewehrt, als ich ihr wieder einmal meinen Arm zum Aufstützen angeboten hatte. »Davon werde ich auch nicht schneller«, hatte sie gemeint.

Ich blieb einige Minuten am Rand des steinigen Weges stehen, sah Wanderern beim Schwitzen zu, obwohl es nur wenige Plusgrade hatte und da und dort Schneeflecken zwischen den Felsen zu sehen waren. Immer wieder rollten einzelne Steine unter den vielen Tritten weg, über die Kante des Weges ein paar Meter in die Tiefe. Weiter oben war an einer Kreuzung eine leuchtend rote Stange zwischen den Felsen eingeschlagen, die Familien mit den kleinen Kindern bogen alle nach rechts ab, nur die Bergläufer bogen fast alle nach links ab, bei den Wanderern ging die Hälfte in die eine, die andere Hälfte in die andere Richtung. Es war Frau Vesselys Idee gewesen, hier heraufzufahren, sie wollte den Blick über Bergen und den Fjord hinweg, das Meer endlich von oben sehen.

Es konnte gut sein, dass sie über einen der größeren, scharfkantigen Steine gestolpert war, sich das Knie aufgeschlagen hatte. Hatte ihr niemand wieder auf die Füße geholfen, hatte sie nicht nach mir gerufen?

Langsam ging ich am Wegrand zurück zur letzten Kurve, von dort aus konnte man die Bergstation der Standseilbahn schon sehen. Ein Läufer drängelte sich an mir vorbei, stieß mich an der Schulter an und murmelte »sorry«, ohne sich nach mir umzudrehen. An der Stelle, wo sie zuletzt hinter mir gewesen war, war sie nicht mehr. Ich sah wieder nach oben, doch ich war sicher, dass sie nicht an mir vorbeigegangen sein konnte. Sie war weg, dachte ich, zwischen den Menschen verschwunden.

Ich hielt mir die Hand über die Augen, um die Sonne abzuschirmen, sah auf die blendend weißen Schneeflecken. Dann drängelte ich mich an einer Familie vorbei zur Kante des Weges, der Hang fiel nicht sehr steil ab, lose Steine, ein paar Meter unter mir eine große Geröllhalde. Ich sah nach links und rechts, glaubte, einen gelben Plastiksack zwischen den Steinen zu erkennen, etwas Blaues blitzte an einer Stelle hervor. Sie konnte nicht einfach so verschwunden sein, sie konnte nicht weit sein.

Ich rief laut nach ihr, einzelne Wanderer drehten sich nach mir um, aber niemand blieb stehen. Ich lief zurück zur Bergstation der Standseilbahn, hielt auf dem Weg immer wieder Menschen auf und fragte sie, ob sie eine alte Frau gesehen hätten, etwa einen Kopf größer als ich. Sie trug die schwarze Steppjacke, die sie sich in Oslo noch gekauft hatte, und ihre festen Schuhe, so beschrieb ich sie. Doch alle schüttelten nur den Kopf, ganz gleich, ob ich in langen, wirren, erklärenden

Sätzen fragte oder atemlos nur »Frau Vessely?« sagte. In der Bergstation lief ich in die leere Halle und klopfte laut an die Tür, an der in mehreren Sprachen »Stationsaufsicht« stand. Ein dicklicher Mann, der nur etwas älter als ich sein konnte, zog die Tür einen Spalt weit auf und murmelte Unverständliches. Ich begann auf Englisch zu erklären, dass ich eine alte Frau suche, die eben noch hinter mir gewesen sein musste, bis er sich abwandte und in den Raum hinter sich hineinrief. Ein zweiter Mann kam hinzu, er war etwas älter als sein Kollege und musterte mich. Freundlich fragte er mich auf Englisch, wie er mir weiterhelfen könne. Er beruhigte mich, dass heute besonders viel los sei, eine Mutter war auch schon bei ihnen gewesen, weil sie ihr Kind aus den Augen verloren hatte. Ich beharrte, dass das etwas anderes sei, dass ihr etwas zugestoßen sein konnte. Der Jüngere sah mich nur verständnislos an und verschwand wieder in den Raum nach hinten. Ich solle am besten hier warten, meinte der Ältere, das wäre, logisch betrachtet, der Ort, an den sie bestimmt zurückkommen werde. »Was, wenn ihr etwas passiert ist?«, rief ich laut. Er griff nach meinem Arm, erst da merkte ich, dass ich zitterte. Langsam führte er mich zu einer Bank an der Wand, ich setzte mich. Der Jüngere kam und reichte mir schweigend eine Wasserflasche. Der Ältere wollte wissen, wer genau die Frau denn war, ich wiederholte ihren Namen. Er fragte mich, ob sie meine Mutter war? Oder meine Großmutter? Ich antwortete nicht, wollte mit zitternden Fingern die Wasserflasche aufschrauben, der Jüngere nahm sie mir aus der Hand, schraubte sie auf und gab sie mir zurück. Ich solle mich erst einmal beruhigen, meinte der Ältere, einen Schluck Wasser trinken. Er bat mich, noch ein wenig zu warten, er würde gleich wieder nach mir sehen. Wenn Frau Vessely nicht bald wiederkäme, bliebe ihnen wohl nichts anderes übrig, als die Polizei zu rufen. Der Jüngere nickte und sie gingen zurück, zogen die Tür hinter sich zu.

Ich nahm einen großen Schluck aus der Wasserflasche, die Kohlensäure brachte mich zum Husten. Ich hörte schnelle Schritte, am anderen Ende der Wartehalle liefen zwei Kinder an der Wand entlang und beobachteten mich interessiert. Ich nahm noch einen Schluck, behielt ihn im Mund, ich spürte, dass ich langsam zu zittern aufhörte. Es konnten nur wenige Minuten vergangen sein, aber es kam mir so vor, als hätte ich Frau Vessely seit Stunden nicht gesehen.

Mir fiel ein, dass ich nicht wusste, was ich der Polizei sagen sollte, wenn sie mich fragten, wie ich zu Frau Vessely stand. Was, wenn sie ihre Angehörigen verständigen wollten? Was, wenn die sich schon seit Tagen Sorgen um sie machten?

Ich stand auf und ging los in Richtung Ausgang, warf immer wieder hastige Blicke zur Stationsaufsicht zurück, doch die Tür blieb verschlossen. Die beiden Kinder warteten, bis ich fast bei ihnen war, dann liefen sie kichernd hinaus in die Sonne, wo ihre Eltern an einem Holzzaun lehnten. Neben der Station stand ein Hinweisschild zum Weg in die Stadt. Man konnte auch zu Fuß hinuntergehen, ich schätzte, dass man etwa eine halbe Stunde dafür brauchen würde. Mit der Wasserflasche in der Hand lief ich noch einmal den Hügel hinauf, vielleicht hatte ich sie einfach nur übersehen, ich musste noch einmal um die Kurve biegen. Die Sonne blendete mich so stark, dass ich die Augen zusammenkniff, immer wieder stolperte ich über Steine, aber ich blieb nicht stehen.

26

Am Anfang der Fahrt kamen wir rasch voran, doch kurz vor Prag wurde der Verkehr immer dichter. Ich hielt nach Hinweisschildern Ausschau, wo wir weiter nach Norden und damit nach Deutschland fahren mussten, aber auf den

Überkopfschildern waren immer nur tschechische Städte angeschrieben, von denen ich nur eine vage Ahnung hatte, wo sie lagen. Zugleich befürchtete ich, dass wir im Stau stecken bleiben würden. Ich musste mich auch auf den alten Peugeot vor mir konzentrieren, der immer wieder abrupt bremste. Das war das erste Mal, dass ich daran dachte, Frau Vessely zum Umdrehen zu überreden.

»Wir sollten abfahren«, sagte sie und deutete auf ein Hinweisschild, das die nächste Ausfahrt in einem Kilometer ankündigte.

»Wohin denn?«

»Vielleicht ist es besser, eine Zeit lang über Landstraßen weiterzufahren, wenn hier so viel los ist.« Sie klappte das Handschuhfach auf und wühlte durch die Papierstapel darin, eine CD fiel heraus.

»Was suchen Sie denn?« Ich streckte mich, um zu sehen, ob es weiter vorne auch so langsam weiterging, auf der Überholspur fuhren die Autos schon in einer Kolonne. »Hast du keine Straßenkarten?« Sie blätterte durch einen österreichischen Straßenatlas, legte ihn ins Fach zurück.

»Nicht von Tschechien«, sagte ich. »Wenn das hier so weitergeht, ist es keine gute Idee, weiterzufahren. Vor allem, weil es so weit ist.« Ich zog meine Schultern hoch und ließ sie wieder fallen, ich spürte die Verspannungen den Rücken hinunterziehen. Ich war mir nicht sicher, wie lange ich mich noch konzentrieren könnte.

»Brauchst du eine Pause? Lass uns doch einfach hier abfahren.«

»Es ist noch so weit«, wiederholte ich. Aber als die Abfahrt kam, blinkte ich, beim Hinausfahren sah ich von der Kurve aus noch die roten Rücklichter der Autos auf der Fahrbahn über uns, wo sich schon der Stau zusammenschob.

Vor einer Kneipe am Rande einer kleinen Ortschaft ein

paar Kilometer weiter bat sie mich anzuhalten. Sie ging hinein, ich sank tiefer in den Sitz und rollte meine Schultern nach hinten, sie krachten. Vor der Kneipe hing ein beleuchtetes Schild mit einer Bierwerbung, die Fenster waren beschlagen. Als sie nicht zurückkam, folgte ich ihr nach drinnen. Sie stand an der Schank, bestellte laut zweimal Gulaschsuppe bei dem Kellner und deutete auf einen Tisch am Fenster. Der Kellner war ein älterer Mann mit Schnauzbart, er hatte sich mit einer Hand auf der Schank abgestützt und sah sie verständnislos an. In einer Ecke hinten saß ein alter Mann und starrte in sein halbvolles Bierglas, sonst war die Kneipe leer. Frau Vessely wiederholte ihre Bestellung noch lauter. Ich wollte ihr schon sagen, dass lauter sprechen nichts half, wenn das Gegenüber nichts verstand, aber der Kellner nickte und wandte sich zur Küchentür hinter ihm.

»Ich brauche auch eine Pause«, sagte Frau Vessely und setzte sich ans Fenster. Ich nahm ihr gegenüber Platz, auf dem Fensterbrett lag vertrockneter Blumenschmuck, der leicht modrig roch. Das Kondenswasser sammelte sich am unteren Rand der Scheibe. Durch die beschlagene Scheibe konnte ich das Auto kaum erkennen.

»Lange kann ich nicht mehr fahren«, meinte ich.

»Bis es dunkel wird?«

Ich wischte mit der Handfläche über die Scheibe, es wurde schon dunkel. Der Kellner kam mit zwei Suppentassen und stellte sie vor uns ab. »Bier? Wasser?«, wollte er wissen.

»Wasser«, antwortete Frau Vessely. Er sah mich an, ich nickte, und er ging wieder zurück hinter die Schank. Auf der Suppe schwammen Fettaugen, ich zählte die Fleischstücke, die aus meiner Tasse ragten. Frau Vessely nahm den Löffel von ihrer Untertasse und rührte in der Suppe um. »Ich hätte nie gedacht, dass ich einmal nach Tschechien fahre«, sagte sie.

»Warum nicht?«

»Mein Mann wollte nie nach Tschechien. Er war ein paar Monate lang in Mähren stationiert.«

»Und das hatte er schlimm in Erinnerung?«, fragte ich.

»Wir haben nie darüber gesprochen.«

Ich kostete die Suppe, sie war zu wässrig, ich rührte um und fand nur fettige Fleischstücke, kein Gemüse. »Aber woher wussten Sie dann, dass er nicht nach Tschechien wollte?«

»Das hatte ich zu wissen, als seine Frau.« Der Kellner kam zurück und stellte zwei kleine Gläser Wasser vor uns ab, dann ging er zu dem alten Mann in der Ecke.

»Entschuldigung, ich dachte, vielleicht wollten Sie dazu noch etwas erzählen.«

Sie schwieg. Ich dachte an Frau Leitner zurück, die immer so viel gesprochen hatte, damit einem nicht auffiel, was sie ausließ. Aber das war etwas anderes, sagte ich mir. Wir würden zum Meer und zurück fahren, Frau Vessely bezahlte das Benzin und alles Weitere. Hier war klar, worum es ging.

»Entschuldige«, sagte sie nach einer Weile. »Man kann nicht über alles reden. Ich muss nicht immer über alles reden. Manche Leute glauben, sie können alles erklären, wenn sie viel reden, aber das hilft nichts.« Sie löffelte in kleinen Schlucken ihre Suppe.

»Ich verstehe. Ich habe bloß an jemanden gedacht, eine ältere Frau, die mir ständig etwas erzählen wollte.«

»Die, die sich an so viele Details erinnern konnte?«

Ich hatte vergessen, dass ich ihr von Frau Leitner erzählt hatte. Auf keinen Fall wollte ich mit Frau Vessely über sie sprechen. Ich nickte nur.

»Aber dann hat sie sich kaum darum gekümmert, ob du ihr zuhörst, und eher mit sich selbst gesprochen?«, fragte sie.

»Sie hat sich sehr leidgetan.«

Sie lächelte müde. »Nicht alle alten Leute wollen ständig von früher erzählen. An früher kann ich mich ohnehin gut genug alleine erinnern. Ich brauche jemanden, der mit mir ans Meer fährt.«

Ich hörte den beiden Männern zu, verstand aber kein Wort. Frau Vesselys Handtasche stand auf dem Sessel neben ihr. Ich hatte alle meine Sachen im Auto gelassen, nur den Schlüssel mitgenommen, fiel mir ein. Ich begann, meine Suppe schneller zu löffeln, um aufzuholen. Der Kellner ging langsam an uns vorbei, sah unsere immer noch vollen Wassergläser an. Ich nahm einen Schluck. Er wich meinem Blick aus und ging hinter die Schank zurück, wo er geräuschvoll Gläser verschob.

Frau Vessely ließ ihre halbvolle Suppentasse stehen, legte den Löffel quer darüber. Ich nahm mir vor, nicht mehr zu viel nachzufragen.

Sie trank das Wasser in einem Zug aus und winkte dem Kellner. »Ich habe es einfach gewusst, dass er nicht nach Tschechien wollte«, sagte sie. »Er ist aus dem Krieg zurückgekommen, und wir haben geheiratet, und ich musste zu arbeiten aufhören.« Ich sah sie verwirrt an, dann fiel mir ein, dass sie von ihrem Mann sprach. »Natürlich erst, nachdem meine Eltern zugestimmt haben, aber da gab es nicht viel zu überlegen zu der Zeit.«

»Sie haben ihn schon davor gekannt?«

»Nein, er war ja älter als ich. Wir haben uns erst später kennengelernt, er hat nur selten vom Krieg erzählt und dabei immer nur Mähren erwähnt. Über Russland hat er geschwiegen.«

Der Kellner legte wortlos eine handgeschriebene Rechnung auf den Tisch. Frau Vessely sah mit zusammengekniffenen Augen auf die Zahlen, zog dann ihr Portemonnaie hervor, hielt es ihm hin, um ihm zu zeigen, dass sie nur Euros bei sich hatte. Er knurrte leise, zog einen Zehner heraus und deutete ihr, zu warten, bevor er zur Schank ging.

Ich schob ihre Sätze in meinem Kopf herum. Sie hatte Jahre ihres Lebens in wenigen kargen Sätzen zusammengefasst, ausgespart, wie sie ihren Mann kennengelernt hatte, und nur erwähnt, dass sie zu arbeiten aufhören hatte müssen.

Der Kellner legte Münzen vor Frau Vessely auf den Tisch, sie nahm einige davon und schob die übrigen in seine Richtung, er steckte sie ein.

»Aber Sie, wollten Sie nie nach Tschechien?«, fragte ich.

Sie sah sich in der Kneipe um, der Alte in der Ecke hatte sein Glas geleert und seine Augen waren ihm fast zugefallen. Das Fenster hatte sich wieder beschlagen an der Stelle, über die ich gewischt hatte. »Nein, warum denn?«, fragte sie. Ich trank meinen letzten Schluck Wasser aus.

Ich schob meinen Sessel zurück: »Gehen wir?«

»Gehen wir«, sagte sie und griff nach ihrer Handtasche.

Ich fuhr weiter von Dorf zu Dorf dahin, versuchte mich zu erinnern, welche Städte im Norden Tschechiens lagen, wo wir entlangfahren mussten. Frau Vessely schwieg neben mir, bald schlief sie ein, ihre Handtasche auf den Knien, der Kopf gegen die Scheibe gesunken. Vermutlich erschien es ihr so, als würde sie zusammenhängend erzählen, sie konnte sich wohl nicht vorstellen, was mir fehlte.

Ich drehte das Autoradio auf, um nicht einzuschlafen. Ich fand einen Sender mit klassischer Musik, ein Violinkonzert, das aber bald wieder im Rauschen verschwand.

Die Straßen wurden immer schlechter, je dämmriger es wurde. Ich hielt Ausschau nach Hinweisschildern zur nächsten Autobahnauffahrt, aber an jeder Kreuzung las ich nur weitere tschechische Ortsnamen, die mir nichts sagten. Ich wich Schlaglöchern aus, immer wieder überholten mich alte Kombis, oder einzelne Lastwagen kamen mir entgegen, sonst sah ich nur leere Felder zwischen den Dörfern. Ich zog meine Schultern hoch und umfasste das Lenkrad fester. Frau Vessely schlief ruhig neben mir, der Kopf rutschte ihr in einer Kurve von einer Seite auf die andere, doch sie wachte nicht auf. Auf einem Straßenschild sah ich endlich den ersten Hinweis auf Deutschland, nur die Richtung war angegeben, nicht, wie weit es bis dorthin noch war.

Auf einer langen geraden Strecke, ich hatte das Autoradio mittlerweile wieder ausgeschaltet, sah ich in der Dämmerung am Straßenrand einen großen, schlanken Turm, der zu schwanken schien. Ich bremste langsam ab und erkannte im Näherkommen, dass es ein Krangerüst war. Dahinter stand eine flache Fabrikshalle, deren Fenster zerbrochen waren, in den Mauern des ersten Stocks waren große Löcher und das Dach fehlte zur Hälfte. Um den Kran und die Halle war ein großes Gelände mit einem Stacheldrahtzaun abgesperrt. Als ich am Zaun entlangfuhr, sah ich, dass er an einigen Stellen weit auseinandergebogen war. An einer Stelle hatte ihn sogar jemand durchtrennt und eine Lücke geschaffen, die groß genug war, dass sich ein Mensch durchzwängen konnte. Ich hielt neben dem Zaun an und sah auf den Kran, der immer noch zu schwanken schien, obwohl nichts zu hören war. Frau Vessely seufzte im Schlaf.

Ich stieg aus. Die Fenster der Halle waren zerbrochen, in den meisten Rahmen hingen nur noch einzelne Glaszacken. Ich sah nach links und rechts die Straße entlang, es waren keine anderen Autos zu hören.

»Es gab nicht viel zu überlegen zu der Zeit«, hatte sie gesagt. Ich lehnte mich an das Auto und zählte die leeren Fenster der Halle. Es konnte gut sein, dass sie das so dahingesagt hatte. Dass es eine Phrase war, um lange Erklärungen abzukürzen, die ich ohnehin nicht verstehen könnte. Oder sie hatte von sich selbst gesprochen, dass sie nicht viel überlegt hatte, bevor sie geheiratet hatte, und dass ihr vieles erst später bewusst geworden war.

Die Halle hatte siebzehn Fenster, was mir merkwürdig vorkam, ich zählte mehrmals nach, aber es blieb bei siebzehn. Sie wollte mir nichts erzählen, aber doch ein wenig. Sie wollte mit mir fahren, um mir etwas erzählen. Oder wollte ich mit ihr fahren, weil ich hoffte, dass sie mehr erzählen würde, dass ich sie dann verstehen würde? Mit einem Mal merkte ich, wie müde ich war. Ich musste bald entscheiden, wie weit ich noch fahren wollte und wo wir heute übernachten sollten. Ich sollte bald anfangen, nach einer Unterkunft zu suchen, am besten schon im nächsten Ort. Meine Augen fühlten sich schwer an, und ich wollte, dass Frau Vessely entschied, wann und wo wir anhalten sollten.

Der Kran war schuppig vom Rost, aber es konnte auch sein, dass das nur in der späten Dämmerung so aussah. Ein leichter Wind fuhr über den Zaun und durch meine Haare und ich sah den Kran immer noch schwanken, aber er quietschte nicht, er stand lautlos auf dem abgestorbenen Gras.

Ich stieg wieder ein und fuhr los. Frau Vessely wachte erst einige Kilometer weiter wieder auf und entschied, dass wir zumindest eine Kleinstadt finden sollten, dort müsste es Hotels geben.

Als ich am nächsten Morgen in meinem Hotelbett aufwachte, war ich nicht sicher, ob ich den Kran und die Halle nur geträumt hatte. Siebzehn Fenster und ein lautloser Kran kamen mir erfunden vor.

27

Frau Vessely kam viel zu langsam die Rampe zum Strand herunter. Sie schob nur einen Fuß vor den anderen, verlor nie den Kontakt zum Boden. Mit der linken Hand umklammerte sie fest das Geländer und sah ab und zu nach oben in den verwaschenen Himmel.

»Frau Vessely« hatte sie die junge Rezeptionistin genannt, nicht »Frau Doktor Vessely«, wie sie es von zu Hause gewohnt war. Ich war neben ihr an der Rezeption gestanden und hatte erwartet, dass sie etwas darauf sagen würde, aber sie hatte die Rezeptionistin nur angelächelt und mit einem Nicken den Schlüssel entgegengenommen.

Ich wartete am Ende der Rampe auf sie, meine Regenjacke bis obenhin zugezogen, die Bänder ihrer Jacke pendelten im Wind um ihre Hüfte. Es musste sie sehr anstrengen, die Rampe hinunterzuschlurfen. Sie hatte Angst zu stürzen. Alleine könnte sie nicht mehr aufstehen, glaubte ich. Sie läge hilflos auf dem Rücken, wenn sie stürzte, schaffte es nur mit großer Anstrengung, sich auf die Seite zu drehen und ein wenig aufzurichten. Wahrscheinlich fürchtete sie sogar, dass sie auf der hölzernen Rampe so schwer stürzen würde, dass sie sich die Hüfte brechen würde. Zwei flache Wolken zogen hinter ihr über den Himmel, wahrscheinlich würden wir es nicht bis zum Abendessen ins Hotel zurück schaffen.

»Schau nicht so, hilf mir lieber.« Sie streckte die Hand nach mir aus, ich eilte zu ihr. Ihre schmalen Finger schlossen sich fest um meinen Unterarm, sie stützte sich auf mich. Sie atmete schwer auf den letzten Schritten von der Rampe hinunter in den Sand. Sie sah leichter aus als ich, obwohl sie einen halben Kopf größer war, und sie zog mich so zur Seite, dass ich dachte, wir würden beide fallen. Ich auf sie, und ich würde ihr die Hüfte brechen, nicht der feuchtgraue Sand unter uns.

Sie machte den letzten Schritt von der Rampe, die Spitzen ihrer Lederschuhe waren schon sandig. Vor uns schoben die auslaufenden Wellen einen Quallenkörper den Strand hinauf, zogen ihn dann wieder zurück. Die handflächengroße Geleemasse sah aus wie ein aufgeblasener Plastikbeutel, nicht wie ein Tier.

»Schön ist es hier nicht«, sagte Frau Vessely.

»Sie wollten doch ans Meer.« Eine Möwe landete lautlos und stakste auf den Geleekörper zu, hinter ihr waren nur wenige Fußabdrücke im Sand zu sehen.

»Ich habe es mir anders vorgestellt.« Immer noch hielt sie meinen Unterarm schmerzhaft fest umklammert.

»Waren Sie noch nie am Meer?«

»Red keinen Unsinn, wir waren mit den Kindern jedes Jahr an der Adria. Und einmal in Frankreich.« Sie beobachtete die Möwe, die ein paar Schritte um den Quallenkörper herum machte, aufflatterte, als die nächste Welle herankroch. Sie kreischte, als sie über uns hinwegzog.

»Das ist doch lächerlich, dass man noch einmal das Meer sehen möchte«, sagte sie. Abrupt ließ sie meinen Arm los, sie hustete und wühlte in ihren Jackentaschen, ein zerknülltes Taschentuch fiel heraus, ein Stück Alupapier, das sich im Wind drehte und auf das Wasser zurutschte. Ich bückte mich nach dem Alupapier und reichte es ihr: »Das geht mich nichts an.«

Sie kniff die Augen zusammen und sah hinaus auf das Wasser. »Die meisten würden sagen, dass sie das verstehen können, oder dass das doch ein schönes Ziel ist.« Sie ließ das Alupapier wieder fallen, es hüpfte im Wind über den feuchten Sand, wurde von einer Welle hinausgezogen.

Weit draußen war ein Schiff zu erkennen, ein schweres Frachtschiff, das langsam vorbeizog. Im Sommer mussten hier Segler und Surfer zu sehen sein, vielleicht wurde das Wasser im Juli und August sogar so warm, dass man schwimmen wollte.

»Dafür sind wir in die falsche Richtung gefahren«, sagte ich. Der Himmel war schon dunkler als zuvor, als wir von der Düne oben auf das Meer hinuntergesehen hatten und Frau Vessely gemeint hatte, sie wolle auf jeden Fall bis zum Wasser gehen, sonst hätte das keinen Sinn.

»An der Adria ist es auch nicht so schön, wie alle glauben.«
Sie trat auf ihr zerknülltes Taschentuch, das neben ihrem
rechten Fuß im Sand klebte. »Viel zu laut und die Nudeln
zerkocht und das Eis klebt den Kindern auf den Händen und
an den Haaren.«

Ich konnte mir ihre Kinder nicht vorstellen. Sie konn-
ten gut sechzig sein oder gar älter, längst eigene, erwachsene
Kinder haben. Mir fiel auf, dass ich an einen Buben und ein
Mädchen dachte, ohne zu wissen, wie viele Kinder sie hatte.
Der Bub etwa zwei Jahre älter als das Mädchen.

»Vielleicht regnet es morgen.« Sie sah nach oben, wo das
Licht nun rasch abnahm. Ich wollte nicht sagen, dass man das
am Meer nie wissen konnte. Sie hätte darauf nur geantwortet,
dass sie das schon wusste.

Umständlich beugte sie sich nach vorne zu dem Taschentuch, ächzte und richtete sich wieder auf. »Gehen wir zurück.« Sie zog den Reißverschluss ihrer Jacke bis oben zu und
griff wieder nach meinem Arm. Ich schob wie sie meine Füße
über den Sand, wir hinterließen vier gleichmäßige Spuren.

Beim Abendessen waren nur wir und ein älteres Ehepaar im
Speisesaal, sie saßen am anderen Ende des Raumes, unterhielten sich flüsternd und bewegten ihr Besteck so leise, dass ich
sie kaum hörte. Die anderen Tische waren alle ebenfalls gedeckt, weiße Teller, Besteck auf einer hellblauen Tischdecke,
in der Mitte Plastikmuscheln und in einem Glas mit Sand
eine Kerze. Die auf unserem Tisch hatte der Kellner angezün-
det, als er die Karten brachte. Frau Vessely erzählte mir von
ihrem Enkel, der als Tierpfleger arbeitete.

»Er arbeitet mit Giftschlangen«, sagte sie. »Schon als Kind
hat er sich zum Geburtstag immer eine Schlange gewünscht.«

»Aber nie bekommen?«

»Natürlich hat er eine bekommen. Der wollte er eine Maus

verfüttern, die er heimlich in der Tierhandlung gekauft hat. Aber die Schlange war viel zu klein, die Maus hat am Ende die Schlange gebissen.«

Sie sah kritisch auf das Hühnerfilet auf ihrem Teller, bisher hatte sie nur wenige Bissen davon gegessen. Mit der Gabelspitze schob sie es zur Seite, legte das Besteck weg.

»Und Sie waren gegen die Schlange? Und auch dagegen, dass er dann Tierpfleger wird?«

»Wieso? Besser das, als er glaubt, er will Fußballer werden, oder er studiert Jus, weil sein Vater das so will.«

Ich dachte an ihr Messingtürschild, auf dem »Dr. Vessely« stand. Ich hatte gedacht, dass sie auf dieses Schild Wert legte, auch, weil sie es nach dem Tod ihres Mannes nicht hatte entfernen lassen. Aber vielleicht fiel es ihr längst nicht mehr auf.

Das Ehepaar im Eck bestellte bei dem Kellner noch zwei Gläser Weißwein, sie deuteten nur auf ihre leeren Gläser, der Kellner nickte. Frau Vessely drehte sich kurz zu ihnen um, gab dann dem Kellner ein Zeichen, er solle ihren Teller abräumen. Ich schnitt einen weiteren Streifen von meinem zähen Filet ab.

»Er fährt im Urlaub immer an exotische Orte, nach Bali oder Indien. Dorthin, wo es auch Schlangen gibt. Damit er sie in ihrem natürlichen Lebensraum beobachten kann, um ihre Terrarien möglichst getreu nachbauen zu können, sagt er. Und das, obwohl er feuchtes Klima und Regenwald gar nicht mag.«

Während ich langsam meine Salatschüssel leer aß, erzählte sie weiter. Davon, dass er einmal fast von einer kleinen, aber sehr giftigen Schlange gebissen worden wäre, als er sie in ihr neues Terrarium setzen wollte. Da hatte er sie aus Schreck fallen lassen und anschließend über eine Stunde gebraucht, um sie wieder einzufangen. Vor ein paar Monaten war er befördert worden, sie wusste nicht genau, in welche Position, aber er schien sich mit Giftzähnen und Fütterungsplänen besser auszukennen als seine Kollegen.

»Hat er Ihnen so viel von seiner Arbeit erzählt?«

»Er ruft mich nur zu meinem Geburtstag an.«

»Dann hat Ihnen Ihre Tochter davon erzählt?«

»Ist das wichtig, wer davon erzählt hat? Ich dachte mir nur, bevor wir uns darüber unterhalten, dass das Fleisch zu zäh und im Salat zu viel Essig ist.« Die Frau aus der Ecke wandte sich zu uns, Frau Vessely musste zu laut gesprochen haben. Ich versuchte, der Frau in die Augen zu sehen, doch sie wandte sich schnell wieder ihrem Teller zu.

»Die haben sich auch nichts zu sagen«, flüsterte Frau Vessely. Sie erhob sich langsam aus ihrem Sessel, stützte sich schwer auf dem Tisch ab, ich sprang auf und griff nach ihrem Arm. »Sie haben mir doch einiges zu sagen.«

Sie wiegte sachte den Kopf hin und her: »Ab einem gewissen Alter führt man als Frau nur noch Selbstgespräche.«

»Ich mache das jetzt schon.« Wir erreichten die Treppe zum Obergeschoß, sie ließ meinen Arm los. Ich ließ sie mir voraus nach oben gehen. Ohne sich umzudrehen, sagte sie: »Du solltest dir selbst nicht zu sehr leidtun.«

»Das mache ich nicht.« Mir fiel auf, dass sie viel schneller und sicherer unterwegs war als vorhin am Meer. Vielleicht war sie einfach müde gewesen, und ich hatte mir nur eingebildet, dass sie schon gebrechlich und langsam war.

»Dann hör dir besser zu.«

Ich nahm zwei Stufen auf einmal und überholte sie. »Danke, ich brauche keine Ratschläge.«

»Aber du hörst mir zu.« Sie hatte recht. Am Treppenabsatz blieb ich stehen und wandte mich zu ihr um. Sie schaute auf das hölzerne Treppengeländer, auf die dunkle Tapete zwischen den Zimmertüren, zu dem schweren Kristallluster an der Decke über uns. Sie sagte: »Zuhören ist wichtig. Danke.«

Erst als sie an mir vorbeigegangen war, merkte ich, dass ich mit der rechten Hand das Treppengeländer fest umklammerte. Ich ließ los und fragte mich, ob sie nicht mehr auf mich aufpasste als ich auf sie.

28

Obwohl ich erschöpft war, wälzte ich mich schlaflos im Bett herum. Immer wieder hörte ich draußen Autos vorbeifahren, Bodendielen knarrten. Ich bildete mir eine Zeit lang ein, dass ich Wellen rauschen hörte, aber als ich versuchte, mich darauf zu konzentrieren, blieb es still.

Am nächsten Morgen schreckte ich hoch und war sicher, dass ich verschlafen hatte. Ich brauchte kurz, um zu verstehen, wo ich mich befand. Auf dem Nachtkästchen neben mir lag meine Uhr, es war schon nach neun. Wir hatten uns keine Zeit für das Frühstück oder für die Abfahrt ausgemacht, aber ich war sicher, dass Frau Vessely schon lange wach war. Ich stand auf und zog die Vorhänge zur Seite, der Himmel war wolkenlos und die Sandbank weiter draußen leuchtete im Sonnenschein. Ich schlüpfte in meine Kleidung vom Vortag und lief hinunter zum Speisesaal. Die Tür war geschlossen, als ich sie öffnete, sah ich, dass alle Tische gedeckt waren, an einer Wand war ein karges Buffet aufgebaut. An zwei Tischen sah ich leere Tassen und Brösel auf der Tischdecke, sowohl das ältere Ehepaar als auch Frau Vessely waren schon hier gewesen. Ich ging zurück in den Vorraum, auf der Rezeption standen eine Tischglocke und ein Schild mit der Aufforderung »Bitte läuten« auf Dänisch, Deutsch und Englisch. Ich ging zur Treppe, die zu den Zimmern nach oben führte, und lauschte, im Haus war es ruhig. Ich trat auf die Veranda vor dem Hotel, auf dem Parkplatz standen außer meinem Auto nur zwei weitere. Um die Hausecke hörte ich Stimmen, eine Frau und ein Mann, die sich unterhielten. Die Veranda umfasste die gesamte Vorderseite des Hauses, ich ging bis zur Ecke und lehnte mich über das Geländer. Im trockenen Gras im Garten des Hotels stand ein Strandkorb, in dem Frau Vessely saß. Sie war nach vorne gelehnt und hatte eine Decke um ihre Beine gewickelt. Vor ihr stand der Kellner vom Vorabend und rauchte. Ich zog meinen Kopf zurück und lehnte mich gegen die Hauswand.

Der Kellner fragte sie, welchen Beruf sie denn gelernt hatte. Sie antwortete so leise, dass ich sie nur schwer verstehen konnte. Sie sagte, dass ihr Vater immer damit gedroht hatte, sie zu enterben, wenn sie sich weiterhin so dumm anstelle. Sie sprach davon, dass sie die Matura gemacht hatte und dann studieren wollte, aber der Vater war davon überzeugt gewesen, dass das nichts für sie sei.

»Aber Sie haben sich dann durchgesetzt?« Ich lugte um die Ecke, der Kellner war näher an den Korb herangetreten und zündete sich eine neue Zigarette an.

»Nein, ich habe angefangen zu arbeiten«, sagte sie. »Als Schreibkraft in einem Büro. Und dann habe ich geheiratet.« Ihre Stimme wurde immer leiser, ich schob mich dicht an die Hausecke, aber ich konnte nur noch einzelne Worte verstehen, »gestorben« und »Räumung« und »Pflicht«.

Hinter mir knarrte es, ich wandte mich hastig um, aber da war niemand, eine Diele oder das Geländer musste geknarrt haben. Ich kam mir lächerlich vor, dass ich hier stand und Frau Vessely belauschte. Ich ging nach drinnen. Im Speisesaal nahm ich mir zwei Scheiben Brot und ein weiches, in Alufolie verpacktes Stück Butter vom Buffet und setzte mich an einen der noch frisch gedeckten Tische.

Ich dachte an die langen Nachmittage mit zu süßem Kaffee und die große dunkle Kommode mit der Glasschale darauf.

Ich dachte an den Spaziergang im Wald, bei dem ich einen Kuckuck zwischen den Bäumen gehört hatte. Da war ich noch überzeugt gewesen, dass ich mit alten Menschen gut zurechtkam oder zumindest mit Herrn Dober.

Ich strich mir Butter auf die Brote und kaute lange darauf herum. Als ich aufstand, um mir vom Buffet Kaffee aus der Thermoskanne zu holen, wurde die Tür geöffnet und Frau Vessely kam herein. »Ausgeschlafen?«, fragte sie.

Ich nickte und ging mit meiner Kaffeetasse an meinen Platz zurück. Frau Vessely trat ans Buffet und musterte die Teebeutel, die in einer Schachtel aufgestellt waren, nahm sich dann doch Kaffee.

»Der ist nur noch lauwarm«, sagte ich.

Sie leerte Kondensmilch in ihre Tasse und setzte sich mir gegenüber. Ich überlegte, wie ich sie danach fragen könnte, ob sie es bereute, dass sie nie studiert hatte.

»Warum bist du vorhin nicht in den Garten gekommen?«, fragte sie.

Ich sah auf meinen Teller: »Ich wollte nicht stören.«

»Er wollte wissen, wer du bist. Eine Helferin, habe ich gesagt.«

»Wie eine Heimhilfe?«, fragte ich.

»Er hat nicht nachgefragt.« Sie sah an mir vorbei, durch die großen Fenster auf das Meer hinaus.

»Haben Sie jemandem gesagt, dass wir weggefahren sind?«

Sie rührte in ihrer Tasse um: »Nein, warum denn?«

»Ich auch nicht.« Einen Moment lang wartete ich darauf, dass sie nachfragte, wem ich Bescheid geben hätte können. Aber sie war nicht neugierig, sie hatte mich nicht mitgenommen, um mehr über mich zu erfahren. Schweigend tranken wir unseren Kaffee aus.

Später fuhr uns die Fähre davon. Sie sollte uns zu einer Vogelinsel bringen, von der Frau Vessely in einem Hotelprospekt gelesen hatte. Ich wollte auf die nächste Fähre warten, doch Frau Vessely wollte lieber weiter an der Küste entlangfahren. »Für Vögel ist es jetzt ohnehin zu spät«, sagte sie. Ich hatte bis zu dem Moment an brütende Kolonien auf Felsklippen gedacht, flauschige Jungvögel, die am Strand entlang staksten, kreischende und zeternde Vögel, die über uns hinwegzogen. Ich hatte vergessen, dass es Herbst war.

Schweigend fuhren wir an der flachen Küstenstraße entlang, das Meer lag meist hinter einer Düne oder hinter Strandhäusern verborgen rechts von uns. Bloß wenn wir eine Anhöhe hinauffuhren, tauchte es blassblau glitzernd auf. Frau Vessely sah aus dem Fenster, als wollte sie das Meer abpassen, wenn es das nächste Mal auftauchte. Ich hielt nach Straßenschildern Ausschau, die uns auf Sehenswürdigkeiten hinweisen könnten, eine alte Kirche, ein malerisches Dorf, etwas, das uns den Vormittag vertreiben würde. Auch wenn ich mir schon dachte, dass sie für Sehenswürdigkeiten wenig übrig hatte. Am Vortag waren wir an einer Kirche stehen geblieben, deren Grundmauern aus dem elften Jahrhundert stammten. Ich hatte mir vor dem Eingang die kleine Informationstafel auf Englisch durchgelesen und überlegt, wie ich sie Frau Vessely übersetzen könnte. Doch sie hatte nur nach oben zum Turm gesehen, genickt und war wieder zum Auto zurückgegangen.

Wir fuhren etwa eineinhalb Stunden lang nach Norden. Es könnte auch weniger gewesen sein, aber wenn Frau Vessely schwieg, schien die Zeit langsamer zu vergehen. Irgendwann sagte sie, sie brauche eine Pause, und rieb sich ihre Knie.

Bei der nächsten Abzweigung deutete sie auf das Schild, das auf einen Ort in wenigen Kilometern hinwies: »Fahr doch da lang.«

Der Ort stellte sich als Kleinstadt heraus, eine backsteinrote, gerade gezogene Einkaufsstraße im Zentrum. Die Kirche, an der wir das Auto abstellten, sah modern aus, vielleicht hundert Jahre alt, aus den gleichen roten Backsteinen wie die Einkaufsstraße. Am Vortag waren wir durch zwei weitere Städte gefahren, die genau gleich ausgesehen hatten.

Ich fragte Frau Vessely nicht, wo sie hinwollte. Sie stützte sich nur leicht auf mich, als wir in der Einkaufsstraße in eine Bäckerei gingen. Sie war gut besucht, Familien mit Kindern, die laut riefen und lachten, ältere Damen mit großen Kuchenstücken vor sich. Wir setzten uns an einen Tisch in der Ecke. »Für mich nur einen Kaffee«, sagte sie.

Sie trank nur einen kleinen Schluck von dem Kaffee, den ich ihr brachte, und sah mir dabei zu, wie ich mit meinem Plundergebäck auf den Tisch bröselte.

»Mein Mann hat oft Vögel beobachtet. Er war kein richtiger Ornithologe, hat sich nie Fachbücher gekauft oder ein gutes Fernglas«, sagte sie. Ich wischte die Brösel sorgfältig mit einem Papiertaschentuch zusammen.

»Aber im Wald ist er oft stehen geblieben, wenn er einen Vogelruf gehört hat. Er hat gewartet, wie er näher kommt und sich wieder entfernt. In der Früh, wenn er nicht schlafen konnte, hat er sich oft ans Fenster gesetzt und den Amseln zugehört.«

Ich wusste von ihrem Mann nur, dass er Beamter gewesen war, das hatte sie einmal erwähnt. Aber ich kannte sie nur als alleinstehende Frau. Schon als ich in die Wohnung gegenüber eingezogen war, hatte sie allein gelebt.

»Er hat eine Zeit lang mit einem Diktiergerät versucht, Amseln aufzunehmen.« Sie trank noch einen Schluck vom Kaffee und schob ihn dann von sich weg. »Er muss ein Dutzend Kassetten aufgenommen haben.«

»Haben Sie die noch?«

»Ich habe alles weggeworfen«, sagte sie.

Sie erzählte mir, ihre Kinder hatten sich geweigert, nach dem Tod ihres Mannes dessen Sachen auszusortieren. Die Kinder seien der Ansicht gewesen, sie sollte noch warten, sie wollten sich noch nicht entscheiden, ob und was sie von ihm behalten wollten. Das würde sich anfühlen, als würden sie durch seine Sachen wühlen. Doch sie wollte nicht in einem Mausoleum leben und hatte schließlich alles allein aussortiert und von Serben abholen lassen, die mit einem Laster gekommen waren und die Sachen schnell in Kisten geworfen hatten.

»Lange können wir nicht mehr weiter nach Norden fahren«, sagte ich, als ich aufgegessen hatte. »Bald sind wir bei Skagen und dann ist es aus. Das soll schön sein, wie die zwei Meere zusammenstoßen. Eine weiße Linie, die sich bis zum Horizont zieht.«

»Da stehen bestimmt Familien mit kleinen Kindern im eiskalten Wasser und machen Fotos, wie sie zwischen zwei Meeren stehen. Das muss ich nicht sehen.«

Ich fragte sie nicht, was sie stattdessen machen wollte, weil ich auch keine Idee hatte, wo wir hinfahren könnten. Am Nebentisch klatschte ein kleines Kind laut mit der Handfläche auf einen Teller, die Mutter daneben lachte. In der kahlen Bäckerei mit dem Fliesenboden hallte es zu laut.

»Vor Skagen kommt noch ein großer Fährhafen, habe ich auf der Karte gesehen«, sagte Frau Vessely. »Dort fahren bestimmt Fähren nach Schweden oder Norwegen ab. Vielleicht auch nach England.«

29

Wir fuhren doch bis Skagen, aber wir kamen nicht bis ans Meer. Die Straße endete in einem leeren Parkplatz. Auf einer großen Informationstafel stand, dass man etwa zwei Kilometer zu Fuß gehen musste bis zur Landspitze. Daneben war eine Werbung für einen Sanddünenexpress, der im Sommer fuhr. Ein bunter Bummelzug für die, die nicht zu Fuß gehen wollten. Der kalte Wind strich über die Dünen hinweg, Frau Vessely hatte die Kapuze ihrer Jacke tief in die Stirn gezogen. »Zu weit«, sagte ich.

»Im Winter gibt es am Meer nichts, an der Adria ist das bestimmt auch so«, sagte sie. Sie schien zu frieren, hatte ihre Arme um den Oberkörper geschlungen. An der Informationstafel vorbei starrte sie dem Horizont entgegen, als ob man von hier die Landspitze sehen könnte. Plötzlich war ich mir sicher, dass sie sie doch gern gesehen hätte. Dass sie gern mit eigenen Augen gesehen hätte, wie die beiden Wellenkämme aufeinanderzuliefen und gegeneinanderstießen.

»Wenn es dir zu weit ist«, sagte sie.

»Nein, wenn Sie unbedingt wollen«, sagte ich.

Sie lachte kurz: »Wenn man das sagt, ›Wenn Sie unbedingt wollen‹, heißt das immer, dass man selbst es nicht machen will.« Sie ging zum Auto zurück.

Ich setzte mich wieder hinters Steuer und rieb meine kalten Hände aneinander. Frau Vessely zog ihre Handtasche von der Rückbank zu sich und kramte darin. Sie drückte eine Tablette aus der Verpackung, tastete unter ihrem Sitz nach einer Wasserflasche, schluckte die Tablette dann aber trocken. Sie schluckte deutlich hörbar mehrmals. Ich wusste nicht, wie viele Tabletten sie nahm, welche sie brauchte. Sie schien immer wieder zwischendurch in ihrer Tasche zu suchen, über den Tag verteilt, mal morgens grüne Tabletten aus einem Blisterstreifen zu drücken, dann wieder weiße oder blaue, die etwas größer waren, die sie fast immer mit Wasser einnahm.

»Sollen wir zurückfahren?«, fragte ich.

Sie schob ihre Tasche auf den Rücksitz zurück: »Wohin?«
Ich dachte, hohe Bücherregale und Messingschild, oder we-

137

niger weit, das Hotel, in dem wir übernachtet hatten. Wenn wir dort noch ein paar Tage blieben, würde es vielleicht noch einmal wärmer werden, so warm, dass man in eine Decke gewickelt im Schutz einer Düne sitzen und auf das blaue Meer und den ebenso blauen Himmel hinausschauen könnte. Aber dafür war sie nicht losgefahren, überlegte ich, sie wollte weiter. Sie suchte noch nach einem Ziel, auch wenn sie es mir gegenüber nicht zugeben wollte.

»Dann fahren wir weiter«, sagte ich.

Auf dem Weg zum Fährhafen erzählte sie mir von dem einen Sommerurlaub, den sie mit Mann und Kindern in Österreich verbracht hatte, weil ihr Mann darauf bestanden hatte. Draußen dämmerte es, neben mir massierte Frau Vessely ihr linkes Knie. Ich drehte die Heizung höher.

Ihr Mann hatte erst nur am See liegen und Kaffee trinken wollen, begann sie zu erzählen. Sie hatte aber gemeint, Bergluft würde ihnen allen guttun. Sie schilderte, wie ihr Mann sich geweigert hatte, eine Wanderkarte zu kaufen, das wäre hinausgeworfenes Geld, die Wege seien gut ausgeschildert und zur Not könne man auch fragen.

»Die Ältere hat sehr viel später gesagt, dass sie nie wieder so gefroren hat wie damals in kurzen Hosen in dem Latschenfeld im Schneematsch«, sagte Frau Vessely.

»Die Wege waren wohl nicht gut ausgeschildert.«

»Doch, die Markierungen hat man gut gesehen, aber wir haben nicht gewusst, wie lange wir brauchen oder wo die nächste Hütte ist. Er hat zwar in der Früh beim Weggehen mit der Wirtin gesprochen, aber die war doch keine Bergführerin.«

Ich wartete darauf, dass sie weitererzählte, was danach passiert war, als sie hungrig und frierend in dem Latschenfeld standen. Aber Frau Vessely sah auf die Straße.

»Das war das letzte Mal, dass wir wandern waren. Schon

beim Weggehen hat er nicht richtig gewusst, wo Norden und Süden ist, da habe ich es mir schon gedacht, aber.« Sie brach ab, schluckte und hustete. »Wir sind sogar vor dem Abendessen zurück gewesen, nachdem ich einen schnellen Weg hinunter gefunden habe, aber die Kinder haben dann nichts mehr gegessen, die waren so müde, dass sie beinahe noch mit den Schuhen an den Füßen eingeschlafen sind.«

Sie hustete wieder und wandte sich nach hinten zu ihrer Tasche, zog sie auf den Schoß und wühlte darin. Sie hielt eine Dose hoch, schüttelte sie. »Leer, hab ich mir schon gedacht.« Sie legte die Dose vor sich auf das Armaturenbrett.

»Brauchen Sie die?«

»Jetzt nicht mehr«, stellte sie fest. Sie suchte weiter in ihrer Tasche herum, zog ein Tuch heraus, stopfte es wieder zurück.

Ich sah auf die verwickelten Tücher in ihrer Tasche, dazwischen ein Blisterstreifen mit Tabletten, aus dem Augenwinkel bemerkte ich etwas Dunkles auf der Straße vor mir. Ich sprang auf die Bremse, wurde nach vorne gedrückt, vom Gurt zurück in den Sitz gerissen. Frau Vessely ließ ihre Tasche fallen. Aus dem Scheinwerferlicht wuselte ein graubraunes Tier davon, es hätte ein Hase sein können, aber es bewegte sich zu knapp über der Straße, ein Marder vielleicht, aber es sah aus, als hätte es zu viele Beine für einen Marder. Es verschwand zwischen den Büschen am Straßenrand.

»Alles in Ordnung?«, fragte ich. Sie strich ihre Haare zurecht, sah verwirrt nach links und rechts: »Was war das?«

»Da war ein … Ich weiß nicht, da war ein Tier auf der Straße.«

Sie suchte den Straßenrand ab, beugte sich dann hinunter und sammelte Tücher und Tabletten ein. Ich starrte nach draußen auf die leere Straße. Erst als Frau Vessely mich anstieß, bemerkte ich, dass ich das Lenkrad fest umklammert hielt.

»Ist alles okay mit Ihnen?«, fragte ich.

»Auf mich brauchst du nicht aufzupassen«, meinte sie.

Ich schaltete die Warnblinkanlage ein, stieg aus und suchte die Büsche am Fahrbahnrand ab. Im Scheinwerferlicht warfen sie lange, verworrene Schatten, von dem Tier war nichts mehr zu sehen. Die Büsche schwankten nur leicht im Wind, es war schon beinahe dunkel. Frau Vessely drückte auf die Hupe, aus den Büschen flatterte ein Vogel auf, keckerte und verschwand wieder im Gestrüpp. »Das kannst du nicht ändern!«, rief sie aus dem Wagen.

Verwirrt ging ich zurück zum Auto: »Was kann ich nicht ändern?«

»Das kann jedem passieren. Jetzt steig wieder ein.«

Sie kramte in ihrer Tasche, zog ein Tuch heraus, beutelte es aus und steckte es wieder hinein. Sie wirkte gefasst und ruhig, während ich darüber nachdachte, was passieren hätte können, wenn sie sich bei der Bremsung den Kopf angeschlagen hätte oder das Schienbein gebrochen.

Als ich mich ans Lenkrad setzte, musterte sie mich. »Hat dich das so erschreckt?«

Ich schüttelte den Kopf. Sie legte mir ihre Hand auf den Arm. »Ab jetzt schauen wir beide auf die Straße«, sagte sie, »so weit ist es nicht mehr.«

Erst später, beim Aussteigen am Fährhafen, merkte ich, dass ich mir mein Knie an der Mittelkonsole angeschlagen hatte. Es war angeschwollen und pochte. Ich sagte aber nichts, als ich hinter Frau Vessely zu dem beleuchteten Kassahäuschen der Fährstation humpelte.

30

Auf der Bank vor dem Eingang zum Fährenrestaurant nickte Frau Vessely für mehrere Minuten ein. Ich kam mit unseren

Getränken in den Händen zurück, sie lehnte in der Ecke der Sitzbank, die Augen geschlossen, und atmete ruhig. Hinter mir gingen zwei Dänen vorbei, die sich laut unterhielten, sie hatten schon zu viel Bier getrunken wie fast alle Fährgäste, doch Frau Vessely schlief weiter. In der letzten Nacht, im Hotel am Fährhafen, hatte sie sicherlich ebenso wenig geschlafen wie ich, immer wieder waren am Gang betrunkene, schreiende Deutsche vorbeigegangen, Türen waren aufgestoßen und zugeworfen worden. So leise wie möglich stellte ich die beiden Gläser neben ihr auf dem Tisch ab.

Ich fragte mich, was ihr fehlte. Sie nahm ihre Tabletten, ich wusste nicht, wogegen, war etwas unsicher auf den Beinen, aber sonst erschien sie mir gesund. Sie hatte den Mund im Schlaf leicht geöffnet, ihre geraden, weißen Vorderzähne waren zu sehen. Sie hustete immer wieder, auch heftiger, mehrere Minuten lang, das konnte Asthma sein oder eine Erkältung. Nichts Schlimmeres auf jeden Fall, oder doch?

Ich setzte mich neben sie auf die Bank, sie atmete lautlos. Wieder trampelten von oben zwei Männer die Treppe herunter, sprachen laut miteinander, einer von beiden hatte zwei Bierflaschen in der Hand. Schon kurz nach der Abfahrt um neun Uhr hatten die ersten im Restaurant Bier bestellt, mittlerweile begegnete ich keinem mehr, der nicht lauter sprach und etwas lallte.

Mir wurde bewusst, dass ich insgeheim davon ausgegangen war, dass ihr etwas fehlte. Dass sie nur so tat, als ob sie ausprobieren wollte, ob ihre Familie sie vermisste, und in Wahrheit sah sie das als die letzte Möglichkeit an, noch zu verreisen. Aber je länger ich darüber nachdachte, umso klarer wurde mir, dass es dafür keine Anzeichen gab.

Mit einem Ruck richtete sie sich auf, strich sich mit der rechten Hand die Haare glatt. »Wie lange habe ich geschlafen?«, murmelte sie.

»Sie haben nicht geschlafen«, antwortete ich.

Sie sah mir in die Augen: »Das stimmt nicht.«

Im Restaurant wurde laute Schlagermusik aufgedreht. Einzelne begannen, falsch mitzusingen. Frau Vessely rückte näher an die Wand, ich setzte mich neben sie: »Ich wollte nicht, dass Sie sich Sorgen machen.«

Sie nahm einen Schluck von ihrem Wasser und räusperte sich: »Worüber sollte ich mir Sorgen machen?«

»Dass Sie länger geschlafen haben, dass Sie etwas verpasst haben, dass ich Sie allein hier sitzen gelassen habe.«

»Meine Sorgen mache ich mir schon selbst«, sagte sie laut.

Die Musik brach so abrupt ab, wie sie begonnen hatte. Ein paar Männer versuchten, noch weiter zu singen, einer beschwerte sich laut, dass sie gefälligst die Musik wieder anmachen sollten.

»Wozu bin ich dann da?«, fragte ich. Ich sah auf den ausgeblichenen Teppichboden unter meinen Schuhen.

»Das ist deine Sache«, sagte Frau Vessely. »Aber wenn ich dich etwas frage, lüg mich nicht an.« Sie war ein Stück näher an mich herangerückt, nur noch wenige Zentimeter beige Bank zwischen uns. Ich wollte ihr sagen, dass ich sie nicht angelogen hatte, aber das hätte nur noch einen weiteren strengen Muttersatz zur Folge gehabt.

Zwei Betrunkene stolperten aus dem Restaurant heraus, einem schwappte sein Bier über die Hand auf den Teppichboden. Er sah zu Frau Vessely und murmelte eine Entschuldigung. Die beiden gingen schnell an uns vorbei, Frau Vessely sah auf den Teppichboden, wo der Bierfleck sein musste, aber es waren zu viele Flecken zu sehen.

»Wir hätten doch eine Kabine nehmen sollen«, sagte sie. Ich antwortete nicht. Sie hatte mich im Fährhafen nachfragen lassen, wie viel eine Kabine kosten würde, und beim Preis nur den Kopf geschüttelt, dass das für die paar Stunden viel zu teuer sei. Bisher hatte sie ungefragt alle unsere Unterkünfte gezahlt, wenn ich mich bedanken wollte, hatte sie immer getan, als würde sie mich nicht hören.

Wir hatten noch mehr als zwei Stunden Fahrt vor uns. Sie trank ihr Mineralwasser in einem Zug aus und kniff die Augen zu. »Dieses Licht ist viel zu grell.« Ich nickte, schon nach einer Stunde im Neonlicht hatte ich mich gefühlt, als wäre ich schon tagelang hier unten.

»Lass uns nach oben gehen.« Sie stützte sich an der Wand neben sich ab und drückte sich in die Höhe. Ich trank von meinem Mineralwasser, es war zu kalt. Frau Vessely ging langsam zur Treppe hinüber, ich sah ihr dabei zu und trank in kleinen Schlucken das Wasser. Sie zog sich am Geländer Stufe für Stufe nach oben, es sah aus, als würde sie ihre Beine nicht benutzen, sondern nur die Kraft ihres rechten Arms. Von oben kam mit schweren Schritten ein Mann, wich ihr aus und murmelte eine Entschuldigung. An mir ging er wortlos vorbei. Ich sah dabei zu, wie erst Frau Vesselys Kopf, dann ihr Oberkörper, dann auch ihre Beine im oberen Stockwerk verschwanden. Als auch ihre Füße nicht mehr zu sehen waren, trank ich den letzten Schluck und stand auf, um ihr zu folgen.

Ich trat nach draußen, Frau Vessely hielt sich noch am Türrahmen fest und griff nach meinem Arm. Ein kalter Wind fuhr über uns hinweg. Außer uns war nur ein Pärchen an Deck, das weit vorne an der Reling am Bug stand, er hinter ihr, sie fest umarmend.

Frau Vessely zog mich zur Reling, klammerte sich dort an das Geländer. Das Wasser lag dunkel unter uns, ich sah nach vorne, unsicher, ob man dort schon die ersten Hügel Norwegens sehen konnte, oder ob ich mir das nur einbilden wollte.

»Mit den Kindern sind wir zuerst nie Boot gefahren, nicht einmal mit einer großen Fähre in Italien, weil beiden immer gleich schlecht geworden ist, wenn sie auf dem Wasser waren.

Und als sie dann endlich alt genug gewesen wären, kam der Hund.« Sie sah mich nicht an, während sie von dem Hund erzählte, von dem sie keinen Namen und keine Rassenbezeichnung erwähnte. Die Kinder hatten sich einen Hund gewünscht, sagte sie, und ihrem Mann hatte die Idee gefallen. Dass ein Hund in einer Stadtwohnung nichts verloren hatte, noch dazu, wo niemand viel Zeit für ihn haben würde, hatten ihr Mann und ihre Kinder nicht hören wollen.

Das Pärchen am Bug vorne lachte auf, sie deuteten beide in Fahrtrichtung. Erst jetzt bemerkte ich den Japaner, der von der anderen Seite der Reling herüberkam. Er trug eine dicke orange Jacke. Ich spähte in die Richtung, in die sie gedeutet hatten, sah aber nur das unruhige Wasser in der Dämmerung.

Frau Vessely schob ihre rechte Hand tief in die Jackentasche. Sie zitterte leicht, sah aber weiterhin auf das Meer hinaus, als sie erzählte, dass der Hund gleich am Anfang mehrere Paar Schuhe zerbissen hatte. »Früher hat man Hunde noch geschlagen«, sagte sie. Ich war mir nicht sicher, ob sie meinte, dass sie das noch gemacht hatte oder nicht mehr machen hatte dürfen.

Der junge Mann am Bug deutete auf das Wasser hinunter und versuchte, sich dem Japaner verständlich zu machen. Er machte weit ausholende Gesten und rief gegen den dumpfen Motorlärm und das Wasserrauschen an. Der Japaner drängte sich an ihm vorbei an die Reling und fotografierte hektisch.

»Es ist doch zu dunkel, als dass man auf den Fotos irgendwas erkennen könnte«, meinte Frau Vessely. Ich machte einen Schritt in Richtung Bug, vielleicht hatten sie Wale entdeckt, ein Fischerboot, eine Insel, die ich nicht erkennen konnte. Frau Vessely berührte mich am Arm und deutete auf die Tür, aus der wir gekommen waren.

Unsere beiden Gläser standen immer noch auf dem Tischchen, wo ich sie abgestellt hatte. Im Restaurant hatten sie die

Schlagermusik wieder eingeschaltet. Frau Vessely setzte sich auf die Bank.

Ein kleines Mädchen kam aus dem Restaurant gelaufen, an der Treppe hielt es inne und rief auf Dänisch zum Restaurant zurück, eine ältere Frau folgte langsam. Frau Vessely sah der Frau zu, die bestimmt zwanzig Jahre jünger war als sie selbst. Sie mühte sich ab, schnell zur Treppe zu kommen, wo das Mädchen ungeduldig von der ersten Stufe auf den Boden und wieder hinauf hüpfte. Frau Vessely sah den beiden nach, wie sie nach oben gingen, das Mädchen griff nach der Hand der Großmutter und zog sie hinter sich her.

Während Frau Vessely mir erzählte, dass der Hund schon bald an einer Lebensmittelvergiftung gestorben war, kamen mehrere Männer aus dem Restaurant und drängelten einander zur Treppe. Gerade, als sie sie erreichten, kamen die nächsten aus dem Restaurant. Sie unterhielten sich so laut, dass ich kaum verstand, was Frau Vessely sagte. Sie sprach davon, dass sie danach immer einen Hund gehabt hätten. Ihr Mann hätte bald einen neuen gekauft, wenn einer gestorben war. »Niemals ausschlafen, immer am Morgen mit dem Hund vor die Türe gehen, ganz egal, welcher Wochentag ist«, sagte sie.

»Aber warum haben Sie sich immer wieder einen neuen Hund geholt?«

»Das hat doch mein Mann gemacht.« Sie beugte sich über ihre Handtasche, zog darin herum und murmelte in sie hinein. Auf der Treppe stieß ein Mann den vor ihm Gehenden an, der wandte sich zornig um, hielt dem Hintermann seine Bierflasche ins Gesicht. Am unteren Ende der Treppe deutete ihnen eine Frau ungeduldig, endlich weiterzugehen.

»Woher wissen Sie denn, dass es beim Ersten eine Lebensmittelvergiftung war?«, fragte ich. Erst als ich den Satz beendet hatte, ging mir auf, dass es wie eine Anschuldigung klang. Ich hatte nicht auf sie geachtet, sondern auf die wütenden, geröteten Gesichter der beiden Männer.

Frau Vessely schmunzelte. »Der Tierarzt hat das gesagt. Wahrscheinlich hat ihm eines der Kinder etwas zu fressen gegeben, das er nicht vertragen hat, Schokolade oder Kekse. Aber sie haben es beide abgestritten.«

Sie rutschte auf der Bank hin und her, schob ihre Tasche mit den Füßen unter sich. »Sie haben immer so getan, als würden sie sich aus den Hunden was machen, aber um sie kümmern wollten sie sich nicht. Sogar bei Hansi hat Martha noch so getan, als ob sie den Hund gern gehabt hätte. Hansi hat meinen Mann um fünfeinhalb Jahre überlebt, obwohl er auf dem Weg vom Haustor bis zur Wohnung hinauf so schwer gekeucht hat, dass man glauben hätte können, es wäre sein letztes Mal.«

»Sie haben noch nie Namen erwähnt«, sagte ich.

Frau Vessely sah mich verwundert an: »Doch.«

Ich stutzte, überlegte, ob ich mich falsch erinnerte. Hatte ich ihr nicht genau zugehört? »Und Sie hätten gerne gehabt, dass Ihre Tochter den Hund übernimmt?«

»Ich habe es ihr angeboten. Aber sie meinte, sie hätte schon genug zu tun, mit ihren zwei Katzen und dem Leguan, der immer noch bei ihnen wohnt, nachdem ihr Sohn ausgezogen ist. Den ganzen Tag zu Hause, aber zum Gassigehen hätte sie keine Zeit.«

Ich stellte mir Frau Vessely vor, die einen schon grauen alten Hund, einen Terrier vielleicht, im Flur schlafen ließ, vom Wohnzimmersofa verscheuchte und ihn anseufzte, wenn er wieder einmal auf der Treppe hinter ihr zurückblieb.

»Hansi war schon ein seltsamer Name für einen Hund, mein Mann hat ihn so genannt. Der letzte war sogar der zweite Hansi. Kurz bevor er gestorben ist, war Martha das letzte Mal bei mir auf Besuch. Sie ist minutenlang im Flur vor dem

Hundebett gekniet, hat Hansi gestreichelt und immer wieder gesagt, dass es Vati bestimmt leidtäte, den Armen so schwer atmen zu hören.«

Mir fiel ein, dass ich sie nie mit einem Hund gesehen hatte, seit ich eingezogen war. »Wie lange war Martha schon nicht mehr bei Ihnen?«

»Ich habe sie nicht mehr darum gebeten.«

Auf dem Deck über uns waren laute Schritte zu hören und erfreute Rufe. »Willst du nicht auch die Einfahrt in den Hafen sehen?«, fragte sie. Ich sah den letzten Betrunkenen nach, die nach oben gingen.

»Sie nicht?«

»Mir ist es zu kalt, aber geh nur.« Sie wedelte mit der Hand, als wollte sie mich verscheuchen.

Ich streckte mich, erst auf der Treppe drehte ich mich kurz zu ihr um. Sie hatte den Kopf gegen die Wand gelehnt und die Augen geschlossen. Ich fragte mich immer mehr, wohin sie wollte.

31

Ich wachte davon auf, dass mich ein Dackel in den Knöchel biss. Ich schreckte im Bett hoch, sah verständnislos auf die rote Kommode und den Spiegel darüber. Frau Vesselys Dackel hatte mich in den Knöchel gebissen. Ich hatte mir ihren ersten Hund als Dackel zurechtgeträumt. Auch im Traum hatte ich gewusst, dass er bald sterben würde, an einem Stück Schokolade, das ihm ein Mädchen zuschob, oder an einem verdorbenen Stück Schweinefleisch, das Frau Vessely nicht mehr verkochen konnte. Aber er hatte mich nur von unten angesehen und schnell zugebissen.

Oslo war grau und noch kälter, als ich gedacht hatte. Das

Auto hatten wir in einer Parkgarage am Hafen abgestellt, weil wir es in der Stadt nicht brauchen konnten, wie Frau Vessely gemeint hatte. Wir waren durch Seitenstraßen gegangen, sie voran, während ich auf den nassen Gehsteigen ihren Koffer gezogen und meine Tasche geschleppt hatte, bis sie vor einem kleinen Hotel stehen geblieben war. Sie hatte zwei Einzelzimmer genommen, vorläufig für zwei Tage, wie Frau Vessely gesagt hatte. Wo sie danach hinwollte, hatte sie mir nicht gesagt.

Ich rieb mir den Knöchel, stand auf und suchte in meiner Tasche nach frischer Kleidung. Unterwäsche und T-Shirts für drei Tage noch, stellte ich fest. Die Schmutzwäsche hatte ich wieder hineingeworfen, jetzt suchte ich die frische Kleidung heraus und stapelte sie auf die Kommode.

Frau Vessely saß schon in dem kahlen Frühstücksraum. Sie rührte in der halbvollen Kaffeetasse vor sich, die Müslischale daneben war schon leer. Mitten auf dem Tisch stand eine große Kaffeekanne. Ich nahm mir Knäckebrot und Käse vom Buffet, sie schenkte mir aus der Kaffeekanne in die zweite Tasse ein, die auf ihrem Tisch stand. Frau Vessely erklärte mir, dass sie als Erstes eine Winterjacke kaufen wollte. »Heute soll das Wetter noch halten«, meinte sie. »Wir könnten in den Park schauen.«

»Welchen Park?«

»In den Frognerpark, zu den Statuen von Vigeland.« Ich nickte, auf der Fähre hatte sie eine Broschüre durchgeblättert, Statuen und ein Wikingermuseum erwähnt.

»Woher wissen Sie, dass das Wetter hält?«

»Die Rezeptionistin kann Deutsch.«

Ich schluckte den letzten Bissen von meinem Knäckebrot, es kratzte im Hals. Meine Jacke müsste ausreichen, dachte ich, ich hatte zur Sicherheit die gefütterte mitgenommen.

Zu Mittag standen wir auf der weiten Rasenanlage mit den Skulpturen von Vigeland, zwischen denen Mütter ihre Kinderwägen hindurchschoben und Männer mit Wollmützen schweigend entlangspazierten.

Frau Vessely ging mit konzentriertem Blick um die Skulpturen herum und betrachtete die nackten, einfachen Figuren mit ihren klaren Gesichtszügen. Einige waren ineinander verschlungen, mit biegsamen Gliedern wie Gummimenschen. Bestimmt gab es mythologische Geschichten oder Erklärungen zu den Figuren, aber ich kannte mich nicht aus. Ich zog meine Kapuze tief in die Stirn und ging neben Frau Vessely her, die sicher einen Schritt vor den anderen setzte, kein Zittern, kein Schwanken. Ich fragte: »Geht es Ihnen besser?«

»Besser als wann?« Sie blieb neben der Statue eines dicklichen Kleinkindes stehen, es wirkte trotzig.

»Wenn man zu lange herumsitzt, habe ich beobachtet, denkt man nur darüber nach, was einem alles wehtut. Oder wehtun könnte, wenn dieses Ziehen oder jenes Kratzen stärker wird.« Sie ging um die Statue des Kleinkinds herum auf den Kiesweg, der einen Hügel hinaufführte, trat zur Seite, um eine Mutter mit Doppelkinderwagen vorbeizulassen. Die Mutter schob den Wagen mit schnellen Schritten bergauf und atmete dabei laut.

Einen Moment lang war ich sicher, dass sie nicht krank war. Sie nahm nur harmlose Pillen zur Beruhigung, Homöopathisches oder Vitamine. Aber sie hätte gewusst, dass sie die Pillen nur zur Beruhigung nahm, fiel mir ein. Das würde für Frau Vessely nicht funktionieren. Also musste sie mir etwas verschweigen, etwas Ernstes, von dem sie beschlossen hatte, dass sie mit mir darüber nicht sprechen wollte. Oder worüber sie mit niemandem mehr reden wollte.

Ich könnte von Frau Leitner erzählen und von ihrer Operation, überlegte ich. Aber dann würde sie mich danach fragen, wie ich sie kennengelernt hatte und warum ich sie nicht mehr besuchte. Ich ging davon aus, dass Frau Vessely in meiner Situation auch einfach gegangen wäre, aber wenn doch nicht, wollte ich keine Diskussion mit ihr darüber beginnen.

Sie atmete schwerer mit jedem Schritt, den sie bergauf machte, und griff doch nach meinem Arm. Eine weitere Mutter mit Kinderwagen wich uns in großem Bogen aus. Wir stiegen die Stufen zur großen Säule hinauf, der höchsten Statue im Park. Daneben standen zwei Männer und rauchten. Auch hier waren wieder die gleichen Figuren aus dem Stein geschlagen, ein meterhoher Turm von ineinander verschlungenen Menschen ragte vor uns auf, eine schwarze Masse, von denen ich nur einzelne Rücken und Beine klar erkennen konnte.

Frau Vessely legte den Kopf in den Nacken. Über der Säule kreiste ein Rabe. Ich konnte kein Gesicht ausmachen, alle Figuren waren uns abgewandt, in die Säule hinein.

»Mit den Kindern konnte man nie in ein Museum gehen«, sagte sie. Die beiden Männer warfen ihre Zigarettenstummel zu Boden, traten sie aus und hoben sie wieder auf. Ich sah ihnen nach, wie sie die Stufen hinunterstiegen.

»Aber wir haben sie natürlich trotzdem mitgenommen. Auch wenn es ihm dann peinlich war, wenn sie sich zu laut unterhalten haben oder gelangweilt herumstanden und gähnten.«

Sie wandte sich von der Säule ab und ging auf zwei Männerfiguren zu, die einander mit gekrümmten Rücken gegenüberhockten. »Einmal hat Elena uns verloren. Sie ist schon in der Früh müde gewesen und hat im Museum gejammert, dass ihre Füße so wehtun. Es war eine Gemäldegalerie, ich glaube, in Florenz.«

Sie erzählte von wuchtigen Gemälden mit Landschaftsszenen und rundlichen Frauenfiguren, von ihrem Mann, der versuchte, die Beschriftung auf den Tafeln daneben zu entziffern, der auch Martha immer wieder stumm deutete, dass sie etwas lesen sollte, woraufhin sie widerwillig ein paar Schritte näher kam. Elena fiel währenddessen immer weiter zurück in ihren schicken, aber zu kleinen Lederschuhen, in denen sie durch das Museum humpelte.

Frau Vessely trat von der Säule weg ein paar Stufen hinunter und an zwei Männerfiguren heran, die einander mit erhobenen Armen gegenüberstanden. Sie konnten zwischen zwanzig und fünfzig jedes Alter haben, sie sahen alle gleich aus, auch wenn sie beim näheren Hinsehen unterschiedliche Gesichtszüge hatten. Ich sah mich um, dennoch waren sie alle der gleiche Mensch für mich.

»Ich wollte die Mädchen nach dem Museum ins Hotel zurückschicken, sie hätten den Weg auch alleine finden müssen. Aber mein Mann bestand darauf, dass sie sich mit uns gemeinsam die Altstadt ansehen sollten. Er kaufte ihnen beiden ein großes Eis, bevor wir weitergegangen sind. Wir waren eine halbe Stunde lang unterwegs, als Martha gerufen hat, dass Elena nicht mehr da ist.«

Sie ging die Stufen hinunter zu der Figur einer kräftigen jungen Frau, die ihr Baby mit ausgestreckten Armen in die Höhe hielt. »Elena wollte auch einmal Bildhauerin werden. Weil sie sich in einen Bildhauer verliebt hat, wie wir später von Martha erfahren haben.«

»Wann wollte sie Bildhauerin werden?«

»Als sie studieren hätte sollen. Sie hat sich für Kunstgeschichte inskribiert, weil sie immer schon gerne gezeichnet und gemalt hat. Ich weiß gar nicht, ob sie länger als ein paar Wochen in die Vorlesungen gegangen ist.«

»Wie haben Sie davon erfahren?« Ich konnte mir nicht vorstellen, dass ihre Tochter ihr selbst davon erzählt hatte.

»Sie hat ihn uns später vorgestellt, als sie schon bei ihm gewohnt hat. Sie hat sich um den Haushalt gekümmert, hat den Bildhauer auf Künstlerpartys begleitet, wahrscheinlich auch gezeichnet, zwei Semester lang war sie noch eingeschrieben. Sie wollte Keramikfiguren machen, erzählte Martha. Dann ist sie schwanger geworden.«

»Sie waren enttäuscht von ihr?«

Frau Vessely musterte die Frauenfigur vor uns. Das Kind wirkte riesenhaft in ihren Händen. Für mich sah es zu schwer aus, um es mit erhobenen Armen vor sich herzutragen.

»Sie hätten gerne selbst studiert«, fügte ich hinzu.

Sie nickte.

»Auch Kunstgeschichte?«

»Ich habe nie verstanden, was sie damit wollte. Ich wollte Jus studieren. Oder Lehrerin werden, wenn das nicht gegangen wäre.«

»Haben Sie das Elena je erzählt?«

Sie sah mir in die Augen. »Sie ist genauso stur wie ich. Ich habe zumindest mit ihr darüber diskutiert, was sie studieren wollte, ihr andere Vorschläge gemacht. Sie gefragt, ob sie sich nicht etwas Handfesteres vorstellen kann. Ihr Vater hat es nicht für besonders wichtig gehalten.« Sie wandte sich von der Statue ab.

Ich überlegte, wo sie ihre Geschichte über Florenz abgebrochen hatte. »Aber wie haben Sie sie in Florenz wiedergefunden?« Am Fuße der Stufen war eine große Gruppe älterer Touristen stehen geblieben, eine Reiseführerin stand vor ihnen und schien die Skulpturen zu erklären. Aber ich stand zu weit weg, um sie zu verstehen. Ich hörte nur einzelne Wortfetzen und war nicht sicher, ob sie Englisch sprach.

»Wir haben sie nicht wiedergefunden. Martha ist ein Stück zurückgelaufen, konnte sie aber nicht finden. Mein Mann wollte die Polizei rufen, aber dafür war es zu früh. Wir sind den ganzen Weg bis zum Museum zurückgegangen, aber keine Spur von ihr. Es blieb uns nichts anderes übrig, als zum Hotel zurückzugehen. Dort sind wir gleichzeitig mit ihr angekommen. Ein junger Italiener hat sie zum Hotel gebracht. Sie standen vor dem Eingang, als wir angekommen sind. Sie haben sich mit dem bisschen Italienisch, das Elena aufgeschnappt hat, und auf Englisch unterhalten. Elena war immer gut in Fremdsprachen. Mein Mann wollte dem jungen Mann Trinkgeld geben, aber der hat nur gegrinst. Elena hat nicht verstanden, warum wir sie aufs Zimmer geschickt haben, und hat laut protestiert.« Sie trat einen Schritt um die Frauenfigur herum und musterte ihren Kopf, die Haare waren am Hinterkopf zu einem Knoten verschlungen.

»Elena wollte Figuren zum Anfang und Ende des Lebens machen, hat Martha erzählt. Aber soweit ich weiß, hat sie nie damit angefangen.«

Sie blickte sich um und stieg die letzten Stufen nach unten. Ich sah zu dem schwarzen Menschenturm zurück und fragte mich, ob die Figuren nach unten oder nach oben strebten.

»Komm jetzt, ich brauche etwas Warmes zu trinken.« Wir machten uns auf den Weg zurück zum Parktor. »Sie sehen alle so lebendig aus, aber keine von ihnen schön«, sagte sie.

»Ich weiß nicht, ob sie schön sein sollen.«

»Hässlich sind sie aber auch nicht.«

Erst später dachte ich über die Geschichte nach, die sie mir erzählt hatte, und wunderte mich, dass sie keinen Hund erwähnt hatte. Das schien mir nicht zusammenzupassen, dass sie meinte, sie hätten ihre Hunde immer auf Reisen dabeigehabt, und dann waren sie ohne Hund nach Florenz gefahren. Als ich sie danach fragte, meinte sie: »Wir haben ihn bei einer Nachbarin gelassen, wahrscheinlich.« Damit war das Thema für sie beendet.

32

Ich wartete eine halbe Stunde lang an der Rezeption, bevor ich nach oben ging und an ihre Zimmertür klopfte. Ich hörte sie husten, dann bat sie mich herein. Sie lag noch im Bett, hatte mehrere Kissen hinter sich aufgestapelt und die Decke bis zum Kinn hochgezogen, die Haare standen ihr wirr vom Kopf ab. »Das wird heute nichts«, sagte sie und hustete erneut.

»Kann ich Ihnen etwas bringen? Oder brauchen Sie einen Arzt?« Ich blieb in der Tür stehen, sie winkte mir, dass ich näher kommen sollte. Erst, als ich die Tür hinter mir geschlossen hatte, fragte sie: »Was soll ich mit einem norwegischen Arzt? Ich muss mich nur ausruhen.«

»Sind Sie sicher?« Sie sah blass aus, sie musste schlecht geschlafen haben, wahrscheinlich hatte sie die ganze Nacht durchgehustet.

»Ich brauche Ruhe.« Sie strich sich die Haare hinter die Ohren und richtete sich auf. »Geh nur in ein Museum, sieh dir etwas an.«

»Soll ich Ihnen nichts bringen, Tee vielleicht?«

»Kräutertee, wenn es sein muss. Aber wolltest du nicht heute auf den Holmenkollen?« Sie hatte beim Abendessen erzählt, von dort hätte man eine besonders gute Aussicht. Ich hatte nie gesagt, dass ich dorthin wollte. Sie hustete lauter und schluckte.

»Ich bringe Ihnen erst den Tee. Und heißes Wasser aus dem Frühstücksraum.«

»Warum holst du dann nicht gleich den Tee von dort?«

»Ich habe beim Frühstück nur Schwarztee- und Grünteebeutel gesehen, die helfen nicht.«

Sie deutete auf ihre Tasche, die auf der Kommode neben dem Bett stand: »Nimm dir Geld mit.«

»Das passt schon«, sagte ich und verließ das Zimmer, bevor sie protestieren konnte.

Im Supermarkt blieb ich an den langen Reihen an Gefriertruhen stehen, es gab mehr Fisch und Meeresfrüchte als Pizza. Vor mir lagen abgepackte Garnelen, die mich an Engerlinge denken ließen. Ich spürte einen schalen Geschmack im Mund und wandte mich schnell ab, suchte nach Tee und fand mich vor einer Regalwand wieder. Ich hätte Frau Vessely fragen sollen, ob sie bestimmte Teesorten nicht mochte oder wusste, welcher besonders gut gegen Erkältungen sein könnte. Ich zog Packungen mit Anistee, mit Pfefferminze und Kräutermischungen aus dem Regal und stellte sie wieder zurück. Wir waren bis hierher gekommen, dachte ich, so schwer konnte es nicht sein, Tee zu kaufen. Am Ende entschied ich mich dafür, zwei verschiedene Tees zu kaufen, einen Salbeitee und einen gemischten Kräutertee.

Zurück im Hotel musste ich die Rezeptionistin mit einer Tischklingel herbeirufen, weil der Frühstücksraum verschlossen war. Ich versuchte, ihr auf Deutsch zu erklären, warum ich heißes Wasser und im besten Fall auch noch eine Kanne brauchte. Aber sie schien mich nicht zu verstehen und erklärte mir, dass es nur bis zehn Uhr Frühstück gebe. Auf Englisch konnte ich sie dann überreden, mir doch die Tür aufzusperren und mich auch den Wasserkocher benutzen zu lassen. Es war mir ein Rätsel, wie Frau Vessely sich mit ihr über das Wetter unterhalten hatte.

Als ich die Kanne mit heißem Wasser und eine Tasse nach oben brachte, klopfte ich mehrmals laut an die Zimmertür, bekam aber keine Antwort. Frau Vessely schlief, sie war auf den Kissenberg zurückgesunken. Als ich die Kanne auf der Kommode abstellte, schreckte sie hoch.

»Wollen Sie Salbeitee oder einen gemischten Kräutertee?«

Sie sah mich verwirrt an, sagte mir dann, dass ich ihr den

Tee einfach da lassen und endlich losfahren sollte. Ich fragte sie erneut, ob sie nicht noch etwas brauche, doch sie begann nur zu husten und wedelte mich mit einer Hand aus dem Zimmer. Als ich die Tür hinter mir zuzog, sah ich, dass sie die Augen schon wieder geschlossen hatte.

Ich fuhr auf den Holmenkollen, die Bahn schlängelte sich den Berg hinauf. Ich fragte mich, was Frau Vessely an der Aussicht auszusetzen gehabt hätte und was ich machen sollte, wenn es ihr am nächsten Tag noch nicht besser ging. In ihrem Alter konnte ein so schwerer Husten gefährlich sein. Ich sollte einen Arzt rufen, auch wenn sie es nicht wollte.

Oben angekommen fand ich heraus, dass man für die Sprungschanze und das Skimuseum Eintritt bezahlen musste. Ich sah auf den Fjord und die Stadt hinaus, die von oben größer wirkte. Ein Waldsaum in der Ferne wirkte beinahe schwarz. Ich war lange nicht im Wald gewesen. Auf der Reise hatte ich nicht daran gedacht. Ich stellte mir vor, zwischen hohen, dunklen Stämmen durch die Kälte zu spazieren, allein, die Schritte vom feuchten Nadelpolster gedämpft. Leise und die Stadt in weiter Ferne.

Auf der Rückfahrt war die Bahn fast leer, im Sonnenschein glänzten die Gleise. Ich nahm mir vor, nicht sofort ins Hotel zurückzufahren. Ich ging zurück in die Einkaufsstraße, in der ich mit Frau Vessely ihre Winterjacke gekauft hatte. Die Geschäfte waren dieselben wie zu Hause, wir waren nicht weit gekommen. In einem Fastfood-Restaurant kaufte ich mir einen Kaffee, weil mir alles andere zu teuer erschien, und setzte mich an die Fensterfront zur Straße. Ich sah den Passanten zu, die mit eingezogenen Köpfen die Straße entlang hasteten, niemand schien mich zu bemerken. Am besten wäre es, wenn wir zurückfahren würden, dachte ich. Ich hatte erwartet, dass ich Frau Vessely verstehen würde, wenn ich mit ihr ans Meer fuhr. Ich hatte mir eingebildet, dass es nicht so schwer sein konnte, ihr zu helfen. Ich musste nur geduldig sein.

Ich dachte daran zurück, wie ich auf Frau Leitners Tisch die Karte ausgebreitet hatte, mit dem Finger mögliche Routen abgefahren war und darauf gewartet hatte, dass sie sich doch erinnerte. Damals war ich davon überzeugt gewesen, dass ich ihr helfen konnte. Ich musste das können. Aber Frau Vessely war anders.

Ich fragte mich, was sie in Oslo wollte. Sie hatte nur vom Meer gesprochen und dann im Fährhafen schnell beschlossen, dass wir nach Oslo weiterfahren sollten. Aber die Stadt schien sie nicht sonderlich zu interessieren. Mir fiel ein, dass sie von Klippen gesprochen hatte, sie wollte das Meer und Klippen sehen. Wahrscheinlich wollte sie nun noch weiter fahren, in den Norden zu einem Fjord. Ich musste aufpassen, dass sie sich nicht überanstrengte.

Als ich auf die Uhr schaute, wurde mir bewusst, dass ich erst zwei Stunden allein unterwegs war. Der Kaffee schmeckte zu bitter, ich trank nur einen Schluck und ließ ihn dann stehen.

Zurück im Hotel blieb ich vor Frau Vesselys Tür stehen und traute mich nicht anzuklopfen. Ich wollte sie nicht aufwecken. Ich ging in mein Zimmer und packte meine Tasche, legte mich auf mein Bett und versuchte, nicht darüber nachzudenken, dass ich zu Hause auf meinem Bett liegen könnte, um dort ebenso an die Decke zu starren. Im Halbschlaf sah ich eine tschechische Straßenkarte vor mir, ich durfte nicht falsch abbiegen, aber ich wusste nicht, wie weit ich schon gefahren war. Da hörte ich Frau Leitner davon sprechen, wie sie niemals die richtige Abzweigung genommen hatte. Ich riss meine Augen auf, ich lag in Norwegen auf einem Hotelbett, ich war mit Frau Vessely unterwegs. Ich musste einen Arzt suchen. Dann schlief ich ein.

33

Wenig später klopfte es an meiner Tür, Frau Vessely trat ein, ohne auf meine Antwort zu warten. Ich schreckte hoch. Sie hatte sich geschminkt und angekleidet, ihre Haare waren auf einer Seite etwas verdrückt, sonst sah sie aus wie immer. »Gehen wir abendessen«, sagte sie. Ich sah auf die Uhr, es war erst kurz nach sieben, ich merkte, dass ich auch hungrig war. Ich bat sie, vor der Tür auf mich zu warten. Ich fühlte mich immer noch müde und versuchte mich zu erinnern, was ich gerade geträumt hatte. Mein T-Shirt fühlte sich verschwitzt an, aber ich wollte Frau Vessely nicht zu lange warten lassen und zog hastig meine Jacke und Schuhe an.

Auf dem Weg nach draußen erklärte sie mir, dass sie beschlossen hatte, dass wir nach Bergen fahren sollten, mit dem Zug.

»Und das Auto?«

»Wer weiß, wie die Straßenverhältnisse sind«, sagte sie.

»Und was wollen Sie in Bergen?«

»Das Meer sehen.«

Ich stellte mir vor, wie wir immer weiter nach Norden fahren würden, weil sie immer noch einmal das Meer sehen wollte. Bis wir am Nordkap ankommen würden und dann zurückfahren müssten. Die Idee gefiel mir.

»Und dann fahren wir weiter?«, fragte ich.

»Wir fahren nach Bergen, das genügt.« Ich nickte, aber ich glaubte ihr nicht. Auch bei der Ostsee, bei Skagen und Oslo hatte es zuvor so geklungen, als ob es schon genügen würde.

»Am Holmenkollen haben Sie nichts verpasst«, sagte ich. Sie antwortete nicht, sie blickte nach oben und schien die Leuchtschilder der Boutiquen und Restaurants zu lesen.

»Ich möchte eine Flasche Wein zum Abendessen bestellen«, sagte sie.

»Das wird teuer.«

»Ich weiß«, antwortete sie. Sie hatte ihren Schal über die Nase hochgezogen, sodass ich ihren Gesichtsausdruck nicht lesen konnte. Sie deutete auf eine Pizzeria an einer Straßenecke: »Ich will zur Abwechslung kein Fleisch und auch keinen Lachs.«

Sie hatte noch keinen Lachs gegessen, aber ich wollte ihre gute Laune nicht vertreiben. Ich hielt ihr die Tür der Pizzeria auf, drinnen erwartete uns schon ein Kellner, der uns stotternd auf Norwegisch begrüßte. Er wirkte erleichtert, als ich ihn bat, Englisch mit uns zu sprechen. Die meisten der dunklen Holztische waren besetzt, aber als Frau Vessely auf einen Tisch in der Ecke des kleinen Gastraums deutete, nickte und lächelte der Kellner. Als wir uns setzten, fiel mir auf, dass die rot-weiß-karierte Tischdecke mehrere kleine Brandlöcher hatte. Doch Frau Vessely sah darüber hinweg und ließ sich die Karte geben, sie blätterte gleich nach hinten zu den Weinen. »Rot oder weiß?«, fragte sie.

»Ich weiß noch nicht, was ich essen will.«

»Dann rot.« Sie fuhr mit dem Finger die aufgelisteten Rotweine ab, las mit zusammengekniffenen Augen die Weinbeschreibungen auf Englisch.

Nachdem wir bestellt hatten, lehnte sie sich gegen die Sitzbank zurück und sah sich im Restaurant um. »Normalerweise hätte ich Martha heute angerufen.«

Die Zeit läuft, dachte ich, auch wenn ich mittlerweile wie Frau Vessely davon ausging, dass ihre Tochter nicht gleich merken würde, dass sie weg war. Aber irgendwann musste es ihr auffallen.

Der Kellner brachte uns die Weinflasche, zeigte uns das Etikett und entkorkte sie. Frau Vessely deutete ihm ungeduldig, dass er schneller machen solle.

Wir stießen an, sie sagte: »Auf das Meer.« Dann lehnte sie

sich zurück und beobachtete eine Familie mit zwei kleinen Kindern am Nebentisch, ein Mädchen wickelte konzentriert Spaghetti auf, ihre kleine Schwester zappelte unruhig im Hochstuhl.

»Martha gibt sich Mühe«, sagte Frau Vessely.

»Mit Ihnen?«

»Mit mir ist es ihr verständlicherweise oft zu mühsam.«

Sie erzählte, dass Martha zwei Buben habe. Wie ihre Schwester hatte sie ihr Studium abgebrochen, als sie schwanger geworden war. Aber nachdem das erste Kind alt genug geworden war, um es in eine Krippe zu geben, hatte sie sich wieder eingeschrieben und versucht, weiter Jus zu studieren. Mit dem zweiten Kind war das nicht mehr möglich gewesen. Als die Kinder beide in die Schule gekommen waren, hatte sie eine Teilzeitstelle als Sekretärin angenommen.

Der Kellner brachte unsere Pizzen, Frau Vessely entfaltete ihre Serviette auf dem Schoß und sah wieder zu den beiden Mädchen am Nebentisch. »Ich weiß auch nicht, was ich an ihrer Stelle gemacht hätte.«

Das klang versöhnlicher als alles, was sie über Elena gesagt hatte. Ich fragte mich, ob sie zu Elena überhaupt noch Kontakt hatte.

»Sie wollte keine Ratschläge von mir, sie hat immer gedacht, dass ich ihr Vorwürfe machen will. Lass sie doch, hat mein Mann immer gemeint, sie ist erwachsen und weiß selbst, was sie tut.«

Zögernd hob sie ihr Besteck, stach eine Olive von der Pizza auf und steckte sie in den Mund. »Sie hat immer weniger Zeit, um sich bei mir zu melden, und jedes Mal ein schlechtes Gewissen, dass sie schon so lange nicht mehr auf Besuch war.«

Vielleicht sollte ich Martha anrufen, wenn wir wieder zu Hause waren, und ihr erzählen, dass ich mich um ihre Mutter kümmerte, für sie einkaufte und ihr zuhörte. Vom Meer würde ich ihr nicht erzählen.

34

»Über das Sterben haben wir nie geredet.« Frau Vessely sah aus dem Fenster auf den Bahnsteig, wo eine Gruppe Schifahrer ihre Ausrüstung aufstapelte, große, unförmige Taschen und gebündelte Schier.

»Wie kommen Sie darauf?« Ich legte den Krimi zur Seite, schlug ihn zu, ohne ein Lesezeichen einzulegen.

»Ich habe gerade nachgedacht, ob wir je darüber geredet haben«, sagte Frau Vessely. Mit einem Ruck fuhr der Zug wieder an. Der Bahnsteig glitt an uns vorbei, noch mehr Schifahrer mit bunten Hauben auf dem Kopf und schweren Taschen neben sich, bis der Bahnsteig abriss und nur noch die schneebedeckten Schienen zu sehen waren.

»Es wird wieder mehr.« Sie deutete nach oben. Ich sah mich im Waggon um, auf den Ablagen über den Sitzen waren Schischuhe und Helme verstaut, dazwischen große Taschen. Außer uns schienen nur Schiurlauber den Zug nach Bergen zu benutzen.

»Finden Sie, dass man darüber reden sollte?«, fragte ich. »Ihre Töchter könnten zum Beispiel wissen, was Sie sich wünschen.«

»Meine Töchter«, sie richtete sich im Sitz auf. »Elena ruft nicht einmal mehr an.«

Die Waggontür hinter mir wurde aufgezogen, ein Mann trat ein und musterte meine Tasche auf dem Nebensitz, Frau Vesselys Koffer zwischen unseren Sitzen, ihre Handtasche und die darauf liegende Jacke. Er seufzte und ging weiter. Ich überlegte, meine Tasche unter meinen Sitz zu zwängen, aber dann wäre immer noch Frau Vesselys Koffer im Weg. Sie achtete nicht auf den Mann, sah wieder aus dem Fenster, wo ein Nadelwald vorbeizog. Das Schneetreiben war noch stärker geworden, nur wenige Flocken schmolzen, wenn sie auf der Scheibe auftrafen.

»Er hatte kein Testament und nichts geregelt, wir mussten erst alles zusammensuchen«, sagte sie.

»Andere sind gar nicht mehr in der Lage zu planen«, sagte ich gedankenverloren. Draußen drückte der Schnee schwer auf die Äste, sodass sich die Bäume im Wind kaum bewegten. Mir fielen die Hagebutten ein, die Herr Dober gegessen hatte. Damals hatte ich mir vorgenommen, endlich einmal Hagebutten zu kosten, aber dann wieder darauf vergessen. Ob es hier welche gab? Wenn, dann waren sie zu oft schon gefroren und wieder aufgetaut, sodass sie nicht mehr genießbar wären.

»Was siehst du da draußen?«, fragte sie.

»Ich habe bloß über einen Waldspaziergang nachgedacht. Und über Hagebutten.«

»Du warst früher wohl oft im Wald?«, fragte sie.

»Die Hagebutten hat mir jemand gezeigt, aber ich habe darauf vergessen, sie zu essen.«

Sie lehnte sich nach vorne: »Hagebutten?«

»Er hat mir erzählt, dass man sie essen kann.«

Sie setzte zu einer Frage an, lehnte sich dann wieder zurück und sah mich aufmerksam an.

»Er hat mir viel von dem Wald erzählt, in dem er als Kind immer war, von einem Fuchs und von Kinderspielen. Ich weiß nicht, wo der Wald war.«

Sie blickte aus dem Fenster: »Du hast doch Zeit, du könntest ihn suchen.«

»Hier werde ich ihn nicht finden.«

Frau Vessely lächelte: »Du hast später auch noch Zeit.«

Wir sahen auf die Fichten, die draußen vorbeizogen. Frau

Vessely räusperte sich und begann leise zu erzählen, dass die Kinder kaum in der Lage gewesen seien, ihr zu helfen, sie hatte alles selbst suchen müssen nach dem Tod ihres Mannes. Auch bei Entscheidungen darüber, ob es nun ein schwarzer oder ein hellbrauner Sarg sein sollte, hatten sie keine Meinung gehabt.

»Das könnten Sie ihnen erleichtern.«

Sie schüttelte den Kopf und wühlte mit einer Hand in ihrer Tasche, ohne hinzusehen. »Alles kann man ohnehin nicht vorausplanen.« Sie zog zwei Medikamentenschachteln aus der Tasche, nahm die Blisterstreifen heraus, zerknüllte die Gebrauchsanweisungen und faltete die Schachteln klein zusammen.

»Was ist mit denen?«, fragte ich.

»Die brauche ich nicht mehr.« Ich lehnte mich nach vorne, um die Aufschriften zu lesen, da zog sie die Papiere und die Streifen zurück und legte sie neben sich auf ihrem Sitz ab.

»Sie wollen also nicht planen?«

»Ich plane doch schon genug, hier, wo wir als Nächstes hinfahren, wo wir zu Abend essen.« Sie erklärte mir, dass sie gelesen hatte, dass Bergen ein ganz eigenes Flair habe, weil die Stadt sich direkt in den Fjord einschmiegte, gleich dahinter ragten hohe Hügel auf. Als ich sie fragte, wann sie das gelesen hatte, meinte sie, dass sie sich vorbereitet hatte.

»Sie wussten von Anfang an, dass Sie nach Bergen wollen?«

»Nein, aber ich wollte vorbereitet sein.«

»Und worauf sind Sie noch vorbereitet?«

Sie lachte. Die beiden älteren Männer auf der Vierersitzgruppe neben uns sahen sie überrascht an. Sie nickten Frau Vessely zu und begannen, sich leise zu unterhalten.

Sie erzählte mir, dass eine Bekannte ihr vor Jahren einen Bildband über Norwegen geschenkt hatte, nachdem diese auf einer Kreuzfahrt zum Polarkreis gewesen war. Seitdem hatte sie auf das Buch vergessen, aber vor ein paar Wochen war es ihr im Regal aufgefallen und sie hatte die Bilder von Fjorden und weiten Wäldern durchgeblättert, spektakuläre Ausblicke auf das Meer von oben. Ich lehnte mich in meinem Sitz zurück. Draußen wurde es schon wieder dunkel, dachte ich, dann fuhr der Zug in einen Tunnel ein. Frau Vessely sagte noch, dass wir bald aus dem Bergland wieder hinunter zum Meer fahren müssten, dann schlief ich ein. Ich wachte erst wieder auf, als sie vor mir stand und mich an der Schulter antippte. »Wir müssen gleich aussteigen«, sagte sie. Vor dem Fenster zogen Vorstadthäuser vorbei, in den Gärten davor standen kahle Bäume, graubraune Schneeflecken waren zusammengeschmolzen.

Als wir am Hauptbahnhof ausstiegen, warf Frau Vessely die beiden Medikamentenpackungen in den nächsten Mistkübel. Ich zog ihren Koffer und trug meine Tasche über der Schulter, während Frau Vessely voranging. Ich fühlte mich immer noch müde und musste den Koffer zwischen Wartenden am Bahnsteig hindurchziehen, immer wieder stieß ich an andere Koffer, entschuldigte mich hastig, ohne mich umzudrehen. Erst am Ende des Bahnsteigs blieb Frau Vessely stehen, ihr Gesicht war gerötet und sie atmete heftig. »Sie sollten es nicht übertreiben.« Ich erwartete schon eine scharfe Antwort. Doch sie stützte sich auf dem Koffer auf und sagte: »Du hast recht.« Ich wartete darauf, dass sie wieder zu Atem kam und hielt Ausschau nach Hinweisschildern auf einen Taxistand.

35

Nachdem Frau Vessely verschwunden war, lief ich von der Bergstation wieder ein Stück bergauf. Mit Seitenstechen musste ich stehen bleiben, die Sonne brannte mir auf den

Nacken. Keuchend blieb ich am Wegrand stehen. Ein junger Mann etwa in meinem Alter fragte mich, ob alles in Ordnung sei, ich winkte nur ab. Er blieb noch einen Moment lang neben mir stehen, ich dachte, dass er noch weiter fragen würde, aber er ging langsam davon.

Auf dem Rückweg schlich ich mich an der Bergstation vorbei. Mit gesenktem Kopf versuchte ich, mich unter eine Seniorengruppe zu mischen. Die Wasserflasche hatte ich da schon nicht mehr bei mir, ich musste sie fallen gelassen haben.

Sie war nicht in der Hotellobby, sie hatte auch keine Nachricht an der Rezeption hinterlassen. Nicht, dass ich es erwartet hätte, aber gehofft zumindest, dass ich außer Atem in der Lobby ankommen würde, und dort säße sie auf einem schmalen cremefarbenen Sofa und blätterte in einer norwegischen Zeitschrift.

Ich ging nach oben und klopfte an ihre Zimmertür. Nach einigen Sekunden drückte ich die Türklinke hinunter, es war nicht abgesperrt. Das Bett war gemacht, die Oberfläche der Kommode leer und blank, der Mistkübel leer. Unter ihrem Kopfkissen lugte ein Ärmel ihres Pyjamas hervor, sonst war nichts von ihr zu sehen. Ich zögerte, ehe ich die Schranktür aufzog, eine Weste war aufgehängt, zwei graue Röcke, Oberteile, Strumpfhosen lagen ordentlich gefaltet im Fach daneben. Ich zählte die Oberteile, drei, die Strumpfhosen, vier. Bald hätten wir zurückfahren müssen, mussten wir zurückfahren, korrigierte ich mich. Ihr Koffer stand unter den Röcken. Ich wollte ihre Sachen nicht durchsuchen, zog aber doch die Fächer der Kommode auf, Unterwäsche, eine Broschüre für Hafenrundfahrten in Oslo. Nun hob ich ihren Koffer aus dem Schrank. Draußen wurden Schritte laut, ich hielt inne, die Schritte gingen an der Tür vorbei und die Treppe hinunter. Wir hatten gemeinsam eingecheckt, Frau Vessely hatte wieder für uns bezahlt, niemand würde fragen, warum ich hier war. Aber warum ich ihren Koffer durchsuchte und wohin sie verschwunden war, vielleicht schon.

Ich öffnete die äußeren Fächer, fuhr mit den Fingern in die Ecken, leer. Im Hauptfach durcheinandergeworfene Schmutzwäsche. Im Seitenfach ihr Pass, ich blätterte ihn durch, keine Stempel. Ich kniete mich neben den offenen Koffer, suchte ihn ab, ob es noch ein weiteres Fach gab, durch die Schmutzwäsche wollte ich mich nicht wühlen.

Keine Medikamente, keine Arztbriefe, wenn ich bisher noch daran geglaubt hätte, dass sie ernsthaft krank sein könnte, musste ich spätestens jetzt zugeben, dass es dafür keine Anzeichen gab. Sie hatte Tabletten genommen, vielleicht gegen Blutdruckprobleme oder Vitamine, ich würde es hier nicht herausfinden. Sie hatte sie konsequent weitergenommen, vermutlich nur, weil ihr Arzt sie ihr verschrieben hatte. Sie hatte sie genommen, bis sie im Zug nach Bergen beschlossen hatte, dass es nun genug war. Oder hatte sie das schon vorher entschieden, dass sie damit aufhören wollte? Ich schloss den Koffer wieder und stellte ihn in den Schrank zurück.

Ich warf noch einen Blick ins angrenzende Badezimmer. Ihre Toilettetasche stand auf der Ablage unter dem Spiegel, ihre Zahnbürste lag daneben.

Sie war verschwunden, dachte ich in der Nacht und starrte in meinem Hotelzimmer den alten, staubigen Luster mit seinen Glassteinen und Kerzenleuchten an. Sie war einfach gegangen. Und doch wünschte ich mir, dass es nur ein Missverständnis war, dass sie wieder auftauchte, mit wirren Gedanken schlief ich ein.

Ich träumte davon, dass ich über eine kahle Hochebene lief, in der Ferne sah ich eine kleine Hütte in einem Latschenfeld, aber ich konnte ihr nicht näher kommen. Ich musste Herrn Dober finden, der aus dem Wald hier heraufgekommen war, ich hatte ihn mir vorausgehen sehen, als er über die

Kante gestiegen war, war er plötzlich verschwunden. Dann fiel mir ein, dass es Frau Vessely war, die ich verloren hatte. Sie musste sich in dem Latschenfeld verstecken, ich kniff die Augen zusammen, meinte, dass sich in dem Latschenfeld etwas bewegte, es waren zwei Personen in dunkler Kleidung. Ich stolperte, fing mich noch einmal und blieb stehen, als ich zurückblickte, war der Weg hinter mir von hohem Gras gesäumt. Als ich wieder nach vorne sah, ragten am Ende einer Wiese hohe Bäume auf, und ich wusste sicher, dass ich die beiden nicht finden würde, die sich im Wald vor mir versteckten.

Am nächsten Tag fuhr ich nochmals hinauf, in der Bahn waren außer mir nur wenige Touristen in festen Schuhen, der Himmel war wolkenverhangen. Am Vortag hatten wir uns dicht an dicht in dem Waggon gedrängt, ständig hatte jemand »ah« und »oh« gerufen, die Kinder hatten sich an die Scheibe gedrückt und mit aufgeregtem Gemurmel auf den Fjord hinausgesehen. Dieses Mal stand ich mit dem Rücken zum Meer in der Bahn und sah einem alten Mann dabei zu, wie er langsam eine Banane aß.

Ich dachte daran, dass ich allein war. Die ganze Zeit über hatte ich nur darauf geachtet, dass Herr Dober allein war, auch bei Frau Leitner war ich so lange geblieben, weil sie mir einsam vorkam. Dass ich selbst niemanden hatte, dem ich von den alten Leuten erzählen konnte, fiel mir erst jetzt auf. Nur ich wusste, dass Herr Dober vom Fuchs im Buch zum Fuchs im Wald gesprungen war und beide auch am Ende noch unterscheiden konnte.

Nochmals ging ich zu der Kurve, an der ich Frau Vessely zuletzt gesehen hatte. Ich hatte über meine Schulter hinweg mit ihr gesprochen, sie hatte geantwortet, und dann? Hatte ich ihre Schritte noch hinter mir gehört? Ich blieb am Rand des Weges stehen, ein eisiger Wind zog über mich hinweg, ich fror in meiner dicken Jacke. Ich trat gegen einen kleinen Stein, der vom Weg sprang und den Geröllabhang hinunterklackerte. Frau Vessely war verschwunden, ich war allein und musste zurückfahren.

Zwiebel

36

Ich fahre nicht ans Nordkap. Beim Aufwachen erscheint mir das noch als Möglichkeit, allein weiterzufahren, bis zum letzten Hafen. Doch stattdessen stopfe ich meine Schmutzwäsche in die Tasche und überschlage, wie lange ich zurück nach Oslo und von dort bis nach Hause brauche.

Ich gehe noch einmal zu Frau Vesselys Zimmer. Erst sehe ich am Gang nach links und rechts, klopfe an die Tür, warte noch ein paar Sekunden. Als ich die Klinke herunterdrücke, ist abgeschlossen. Ich rüttle an der Tür, vielleicht klemmt sie nur, aber sie bleibt verschlossen. Zwei Zimmer weiter höre ich Schritte, die Tür quietscht, ich gehe schnell wieder nach oben und hole meine Tasche, um auszuchecken.

Ich weiß nicht, ob ich etwas aus Frau Vesselys Zimmer mitgenommen hätte, und vor allem nicht, was. Eine Bluse als Erinnerungsstück? Einen Knopf, um ihn in der Hosentasche bei mir zu tragen? Ich bin sicher, sogar einen Knopf würde ich schnell wieder wegwerfen.

Die Rezeptionistin fragt mich, ob alles in Ordnung war. Es ist dieselbe, die in den letzten Tagen nur genickt hat, als ich am Morgen gefragt habe, ob ich mein Zimmer noch für einen weiteren Tag behalten könnte. Sie druckt mir meine Rechnung aus, aber sie fragt nicht nach Frau Vessely.

Auf dem Weg zum Bahnhof überschlage ich, wie viel Geld noch auf meinem Konto sein müsste. Als ich am Schalter die Rückfahrkarte bezahle, erwarte ich, dass die Zahlung fehlschlägt und das Gerät nur ablehnend piept. Doch die Schalterbeamtin reicht mir meine Fahrkarte und lächelt freundlich. Sie sieht der Rezeptionistin ähnlich, beide haben die langen blonden Haare in einem strengen Pferdeschwanz zusammengebunden.

Meine Schritte führen mich zurück zu dem Mistkübel, in den sie ihre Medikamente geworfen hat. Wusste sie da schon, dass sie verschwinden würde? Hat sie es geplant? Wenn sie ihr Verschwinden geplant hat, heißt das zugleich, dass sie mich angelogen hat. Dass sie mir ihre Geschichten vorgesponnen hat, um mich abzulenken, während schon beschlossen war, dass sie mich allein zurücklässt. Welche ihrer Geschichten sind dann wahr?

Mein Zug fährt in wenigen Minuten von einem anderen Gleis ab, was mich davon abhält, den Mistkübel zu durchwühlen, obwohl ich doch weiß, dass er inzwischen geleert worden sein muss.

Im Zug dann ein beinahe leerer Großraumwagen, ich setze mich ans Fenster, Vororthäuser ziehen vorbei. Es sieht Frau Vessely nicht ähnlich, von einer Klippe zu springen. Es sieht ihr auch nicht ähnlich, lautlos zu stürzen und abzurutschen in eine Felsspalte, die sie verschluckt.

Im Halbschlaf stelle ich mir vor, wie sie einen älteren Mann bittet, sie zu stützen. Gemeinsam gehen sie mit gemächlichen Schritten an mir vorbei, ich bemerke sie nicht. Der ältere Norweger hat seit der Schule kaum noch Deutsch gesprochen, aber er fragt Frau Vessely, was sie hier mache und ob es ihr hier gefalle. Sie erzählt von ihrem verstorbenen Mann und dass sie schon lange in den Norden fahren wollte, während er sie auf einem anderen Weg zur Bergstation zurückführt. Sie bedankt sich, fährt allein ins Tal zurück und dann? Wie viel Zeit ist vergangen, als ich oben nach ihr suchte?

Ich schrecke hoch, der Schaffner steht neben mir und will meine Fahrkarte sehen. Ich suche erst noch nach einer zweiten Karte. Er fragt mich, ob alles in Ordnung sei, ich lächle und nicke. Ich sehe ihm nach, weiter vorne sitzen zwei ältere Amerikanerinnen, die sich halblaut unterhalten, ihn nun sehr laut fragen, wann der nächste Halt komme.

Draußen zieht eine Reihe an Fichten vorbei, kein Wald, nur eine Baumreihe, dahinter eine schmale Straße. Herrn Dobers Wald war lebendiger und meiner auch. Ob es für Frau Vessely auch einen Wald gegeben hat, weiß ich nicht. Ich weiß nichts über ihre Kindheit, fällt mir auf. Ich könnte nur Bruchstücke aus ihrem Leben erzählen und so tun, als ob sie eine zusammenhängende Geschichte ergäben.

Ich denke an den Ausblick auf den Fluss hinunter zwischen schon kahlen Bäumen, und dass ich mir Herrn Dober als Kind dazudenken müsste, denn als Erwachsenen habe ich ihn kaum gekannt. Unsinn. Ich habe das Kind nicht gekannt, nur durch das, woran der Erwachsene sich erinnerte.

Ich wache davon auf, dass die Amerikanerinnen laut lachen. Eine erzählt von ihrem Sohn, der schon zum dritten Mal heiratet. Ich stelle mir vor, zu ihnen hinüberzugehen, ich könnte vom Tierpflegerenkel und der verlorenen Elena erzählen. Aber darf ich das überhaupt? Es sind nicht meine Geschichten.

Der Zug hält an dem Bahnsteig, an dem wir uns über das Sterben unterhalten haben. Immer noch oder schon wieder schneit es. Ich wäge ab, ob ich, zu Hause angekommen, Elena oder Martha anrufen sollte, ob ich sie fragen sollte, warum sie verloren gegangen sind und nicht mehr angerufen haben. Martha würde mir ihre Version erzählen, vom ablehnenden Schweigen ihrer Mutter, davon, dass sie nach dem Tod des Vaters alles weggeworfen habe, ohne Martha auch nur ein Erinnerungsstück zu lassen. Elena würde mir nichts erzählen, sondern die Polizei rufen.

Ich wäre vermutlich nicht vernünftig genug, die Polizei

zu rufen, wenn mir jemand lange Geschichten erzählt über meine Mutter, die ich zu kennen glaube. Ich würde zuhören und die Erzählungen für wahr halten, auch wenn es nur Erinnerungen sind. Erinnerungen, die im wieder und wieder Erinnern abgeschliffen worden sind.

Es ist still im Abteil. Ich lehne mich weit auf den Gang zwischen den Sesselreihen, die Amerikanerinnen schlafen mit offenen Mündern. Ich glaube, ich habe über das Erinnern laut gesprochen, aber niemand hat mich gehört.

Als ich in Oslo aussteige, lasse ich beinahe meine Tasche auf der Gepäckablage liegen. An der Zugtür fällt mir auf, dass sie fehlt, ich zwinge mich, noch einmal zurückzugehen. Auf dem Weg in die Vorhalle überlege ich, meine Schmutzwäsche in einen Mistkübel zu werfen. Es käme mir wie eine Wiederholung vor, ich lasse es.

Ich kann mich nicht an unsere Abfahrt in Oslo erinnern, von welchem Gleis sind wir weggefahren, haben wir davor noch etwas gegessen? Ich sinke auf eine Bank, im Rücken eine Backsteinmauer, die Tasche schiebe ich unter mich.

Vielleicht bin ich allein gefahren, es wäre so viel einfacher. Ich im Selbstgespräch am dänischen Strand, vertieft in mein Murmeln auf der Fähre, vor den Vigeland-Skulpturen meine leisen Kommentare. Es wäre einfacher zu verstehen als ihr Verschwinden.

Ich sehe den Menschen zu, die an meiner Bank vorbeigehen, arbeitende Menschen mit hochgeschlagenen Mantelkrägen. Wenn ich ihnen genau zuhöre, bilde ich mir ein, einzelne Worte zu verstehen. Aber wenn sie in ihr klares Englisch wechseln, geht mir immer auf, dass ich nichts verstanden habe.

Eine junge Frau mit einem Kleinkind an der Hand bleibt mir gegenüber stehen. Das Kind deutet auf mich, mit ausgestrecktem Zeigefinger, die Mutter sieht mich besorgt an.

Schnell stehe ich auf und hebe die Tasche. Ich muss das Auto abholen, fällt mir ein, ich muss die Rückfahrt mit der Fähre bezahlen. Das ist so weit weg von mir, wenn ich nicht daran denke, vergesse ich es gleich wieder.

Draußen scheint die Sonne. Tauben laufen über den betonierten Vorplatz, eine Möwe landet zwischen ihnen, hackt um sich, zieht ein Stückchen Brot hoch.

Frau Vessely wollte auch noch ins Ibsen-Museum. Sie wisse nichts über Ibsen, meinte sie, nur Peer Gynt habe sie früher gern gehört, das Stück auch mehrmals gesehen. Besonders erinnere sie sich an eine Stelle: Peer, der sich mit einer Zwiebel vergleicht, die man Schicht um Schicht schälen könnte, dann bliebe kein Kern übrig.

Ich schultere meine Tasche. Ich weiß gar nicht, wie ich zum Parkhaus komme, ich muss erst einmal einen Stadtplan finden. Von Frau Vesselys Geschichten könnte ich keine Schichten ablösen, bin ich sicher. Ich halte inne, schüttle den Kopf. Ich schließe die Geschichten ein, Schicht um Schicht, presse sie zusammen zu einem Kern, nur die äußeren ließen sich noch lösen. Woher die Bilder kommen, frage ich mich. Stammen sie von mir, habe ich sie mir wirklich selbst ausgedacht? Oder will ich mich nur nicht daran erinnern, woher sie sind? Ich sollte sie für mich behalten.

Vor meinen Füßen landet eine Möwe und spreizt die Flügel. Ich weiche einen Schritt zurück: »Ich habe nichts für dich.« Dann gehe ich doch los, ohne auf einen Plan zu sehen, die ungefähre Richtung muss genügen.

Inhalt

Gefördert durch das Wiener Literatur Stipendium der Stadt Wien
Mit freundlicher Unterstützung der Kulturabteilung der Stadt Wien

Umschlag: & Co www.und-co.at
Satz: AD
Druck: Florjančič

ISBN 978-3-99059-087-4

Literaturverlag Droschl Stenggstraße 33 A-8043 Graz
www.droschl.com